Explosive Dragon King Bahamut

폭룡왕 바하무트

GAME FANTASY STORY

몽연 게임 판타지 소설

폭룡왕 바하무트 3

몽연 게임 판타지 소설

초판 1쇄 찍은 날 § 2014년 7월 24일
초판 1쇄 펴낸 날 § 2014년 7월 31일

지은이 § 몽연
펴낸이 § 서경석

편집부장 § 권태완
편집책임 § 박가연

펴낸곳 § 도서출판 청어람
등록번호 § 제387-1999-000006호
등록일자 § 1999. 5. 31
어람번호 § 제1-1903호

주소 § 경기도 부천시 원미구 부일로 483번길 40 서경B/D 3F (우) 420-822
전화 § 032-656-4452 팩스 § 032-656-4453
http://www.chungeoram.com
E-mail § chungeorambook@daum.net

ISBN 979-11-316-9132-8 04810
ISBN 979-11-316-9088-8 (세트)

Explosive Dragon King Bahamut

폭룡왕 바하무트

GAME FANTASY STORY

몽연 게임 판타지 소설

3

Explosive
Dragon King
Bahamut

폭룡왕
바하무트

CONTENTS

13장
그레우스 공작

Explosive Dragon King Bahamut

"칼베인 왕국이 승리했다."

루펠린과 같은 날 전쟁을 시작한 칼베인은 개전 16일째 되던 날 다모스 일 왕자파를 상대로 전쟁에서 승리했다. 그럼에도 분위기 자체는 좋지 않았다.

겉으로는 다모스 일 왕자파의 영토를 흡수해서 칼베인의 영토가 반 배 가까이 늘었지만 실상은 빛 좋은 개살구에 불과했다.

"덩치는 커졌어도 실속이 없어졌어."

이번 전쟁에서 칼베인은 자국의 울티메이트 마스터를 잃었다. 말로 설명하지 못할 뼈아픈 손실이다.

국가의 국력을 재는 척도에서 영토가 차지하는 비중은 빼놓을 수 없다. 그러나 가상의 포가튼 사가에서는 영토보다 전쟁

억제력을 지닌 초인들의 유무가 더 중요했다.

당장 바하무트만 해도 수십만 대군을 혼자서 쓸어버리는 게 가능하다.

울티메이트 마스터란 인간의 한계를 넘어선 초인으로서 대륙 최강국인 헬렌비아 제국에도 단 4명만이 존재한다.

그런데 칼베인은 자국이 보유한 두 명의 울티메이트 마스터 중 하나를 잃었다. 그것도 땅따먹기에 불과한 전쟁에서 승리하는 대가로 넘겨줬다.

이는 승리하고도 오히려 국력이 쇠퇴하는 결과를 초래했다.

원래 루펠린과 칼베인의 국력은 비슷했다. 초인들의 숫자도 그렇고 병력도 누가 우위라고 말하기 어려울 정도였다.

그러나 이제는 우열이 가려졌다. 바하무트가 없어도 양국 간에 전쟁이 터지면 칼베인은 절대 루펠린을 이기지 못한다.

초인의 숫자가 부족하기 때문이다. 높이 날아오르려고 벌였던 전쟁이 발목을 잡아버렸다.

"이로써 대륙의 판도가 완전히 뒤집어졌다."

삼대강국의 균형이 어긋났다. 다모스 왕국은 이제 지도상에서 사라진다. 칼베인도 루펠린의 아래로 들어간다.

루펠린이 다모스 이 왕자파의 영토를 무사히 흡수하면 제국이 되어 헬렌비아 제국과 어깨를 나란히 하게 될 것이다.

"이래서 내가 혼자 다니려고 하는 거다."

얽히고설켜서 복잡하기만 했다. 관심조차 없는 분야에 발을 들여놔서 개고생을 하고 있었다. 판도, 세력, 제국이고 뭐고 아무런 관심도 없었다. 그냥 마음 가는 대로 발 가는 대로 행동하고 싶음에도 퀘스트가 발목을 잡았다.

이번 전쟁만 마무리하면 다시는 단체 행동을 하지 않는다. 그냥 받은 영지나 키우면서 슈타이너와 둘이서 다닐 거다. 너무너무 성가시고 귀찮았다.

"슬슬 끝이 보이는군."

바하무트가 전방을 쳐다봤다. 10만이 조금 넘는 다모스 왕국군이 그레우스 공작을 기준으로 질서정연하게 서 있었다. 이른 아침, 국경요새의 성문이 열리고 병력이 쏟아져 나왔다는 보고가 들어왔다.

루펠린 왕국군도 그에 맞춰 병력을 동원했고 이렇게 대치 상황이 된 것이다. 보름 이상 전쟁을 치르면서 남은 병력은 양쪽을 합쳐도 30만에 못 미쳤다.

양측 모두 12~13만 가량이 남은 상태였다. 그리고 전쟁은 이제 막바지로 치달았다.

"다녀오지."

"너를 누가 말릴까. 그래. 이겨라."

터벅터벅!

바하무트가 아군 진형을 빠져나가 적 진형 쪽으로 다가갔다. 그에 맞춰 그레우스 공작도 마주 다가왔다.

'대결을 신청하면 받아들이겠는가?'

국경요새 앞으로 병력을 집결시킨 그레우스 공작의 첫 마디였다. 오로로 귀를 열고 있던 라이세크가 극구 말렸다. 그냥 둘이 합공하면 끝나는 전쟁을 어렵게 풀 이유는 없다면서 집요하게 설득했다. 그러나 바하무트는 거절했다.

"뭐, 게임이잖아."

게임은 즐겨야 한다. 즐기라고 만든 게 게임이다. 라이세크는 머리를 부여잡았지만, 자신에게는 그러했다.

그의 마음을 이해 못 하는 것은 아니다. 솔직히 복잡하게 끌어갈 필요가 없다는 것도 잘 알았다. 그래도 원래 사람이란 존재가 변덕이 심하기로 소문나지 않았던가.

멈칫!

상대방과의 거리가 5미터 내로 들어가서야 바하무트가 걸음을 멈췄다. 심장이 두근거렸다. 곧 시작될 전투가 피를 뜨겁게 데웠다.

"받아들일 줄 알았네."

"그런가?"

그레우스 공작은 바하무트를 처음 봤을 때 그의 눈을 통해 어떠한 성향을 지녔는지 파악했다.

즐기는 자의 눈.

자유분방하고 새로운 것을 경험해서 재미를 느끼는 그러한 눈을 가지고 있었다. 대결을 신청하면 절대 피하지 않을 거라고 생각했다. 그 또한 새로운 것을 경험하고 즐기는 것이니까.

"내가 자네를 이겨도 우리는 그대들을 못 이기겠지."

"나를 건재한 상태에서 죽이면 이기겠지."

"하하. 자신이 없군."

동급의 초인끼리 붙었는데 멀쩡하다는 자체가 말이 안 된다. 누가 이기든 반죽음 상태가 되리라.

그리되면 뒤에 남은 적의 총사령관에게…….

"시작하지. 잡담도 지치는군."

"그러겠나?"

바하무트가 그레우스 공작과의 대화를 끊었다. 대화만 끊긴 게 아니었다. 두 명을 중심으로 압도적인 기운이 사방으로 퍼져 나갔다.

기운을 받은 유저들과 병사들은 본능적으로 두려움에 떠는 육체를 제어 못하고 휘청거렸다.

콰우우우!

바하무트가 용투기를 전력으로 전개했다. 신경전이나 탐색전 따위는 적성에 맞지 않는다. 넘실거리는 붉은색 용투기가 그의 육체를 철갑처럼 휘감았다.

용투기를 전력으로 전개하셨습니다.

2시간 동안 모든 능력치가 30% 증가합니다.

2시간이 지나면 본체와 용투기가 풀리면서 반나절 동안 무기력 상태가 유지됩니다.

즈으으응!

때에 맞춰 그레우스 공작도 푸른색 오러를 전개했다. 좌중이 침묵했다.

300레벨이 넘는 초인들의 대결이 시작되려 한다. 돈 주고도 못 볼 진귀한 광경이다.

콰앙!

바하무트가 지면을 박차고 달려나가자 돌바닥이 충격을 이기지 못하고 갈라졌다. 그들에게 이처럼 짧은 거리는 한 호흡이면 충분하다.

폭화 언령술 : 삼 조합 스킬.

불 화(火), 달 월(月), 벨 참(斬).

화월참(火月斬) : 화염의 달을 베다.

반월형의 화염 칼날과 푸른색 오러에 뒤덮인 소울 블레이드가 충돌했다. 그레우스 공작은 검을 타고 들어오는 충격 전부를 다리로 흘려보냈다.

쩌어어엉!

그의 발바닥이 무너지며 발목까지 가라앉았다.

바하무트는 그레우스 공작을 중앙에 둔 채 사방으로 움직이며 폭격을 날렸다. 예전에 잠간 붙었을 때와는 스케일 자체가 틀렸다.

그의 몸에서 방출되는 뜨거운 열기에 그레우스 공작을 제외한 주변에 존재하는 모든 것이 녹아 없어졌다.

그들이 밟고 있는 땅도 진흙처럼 질척질척하게 변해갔다.

슈아아앙!

소극적으로 방어에만 치중하던 푸른 섬광이 번뜩이며 바하무트의 가슴팍을 후려쳤다.

용투기에 부딪힌 섬광은 그의 육체를 사정없이 밀어냈다.

바하무트의 두 발이 땅에 박혀 든 상태로 밀려났고, 밀려나는 힘에 밭고랑이 생겼다.

폭화 언령술 : 사 조합 스킬.

일천 천(千), 터질 폭(爆), 불화(火), 구슬 주(珠).

천폭화주(千爆火珠) : 천 개의 불꽃 구슬이 터지다.

어린아이 주먹만 한 천폭화주의 구슬이 빼곡하게 생성됐다. 바하무트는 그 상태에서 터뜨리지 않고 유지시켰다. 그가 건드리면 그냥 팅겨 나가지만 다른 자가 건드리면 그 자리에서 폭발한다.

콰콰콰쾅!

그레우스 공작이 천폭화주 속에서 빠져나가려고 몸을 움직였다. 천폭화주는 자신을 건드리는 행동에 성을 내며 폭발했다. 그는 만만치 않은 화력을 느끼며 오러를 둘렀다.

폭화 언령술 : 이 조합 스킬.
불 화(火), 주먹 권(拳).
화권(火拳) : 불 주먹.

퍼퍼퍼퍼펑!

제자리에 선 바하무트의 두 주먹이 전방을 향해 기관총처럼 화권을 발사했다.

"합!"

그레우스 공작의 검이 부드럽게 물결치며 날아오는 화권을 전부 흘려냈다. 흘려진 화권은 하나로 뭉쳐져 바하무트가 있는 곳으로 되돌아갔다.

폭화 언령술 : 이 조합 스킬.
불 화(火), 장막 막(幕).
화막(火幕) : 불의 장막.

불의 장막이 솟구치며 화권을 전부 흡수했다. 한 치도 밀리지 않는 공방전이 계속됐다. 누가 유리하다고 보기 어려운 막상막하의 대결이었다.

'영양가가 없어.'

정직한 공격이 이어졌다. 공격하면 막고 막으면 공격하고. 서로 상처도 생기지 않았고 지친 기색도 없었다.

초반에 생겼던 긴장감이 눈 녹듯이 사라졌다. 이대로는 승부가 나지 않는다. 그레우스 공작의 성격상 지금 같은 공방전이 계속돼도 침착함을 유지할 것이다.

바하무트는 아니었다. 싸움은 긴장감이 생겨야 하는데 이런 식으로 나가면 조만간 하품이 나올지도 모른다.

'먼저 하진 않을 테니 내가 하도록 하지.'

분위기 반전이 필요했다. 상대가 하지 않으면 자신이 해야 했다.

"간다."

장담한다. 이제부터는 지루한 공방을 넘어서 살이 찢어지고 뼈가 부러지는 피가 흐르는 대혈전이 시작될 것이라고.

＊　　　＊　　　＊

폭화 언령술 : 사 조합 스킬.
뜨거울 염(炎), 더울 열(熱), 땅 지(地), 옥 옥(獄).
염열지옥(炎熱地獄) : 뜨겁고 더운 지옥.

수천 도를 넘나드는 끔찍한 열기가 주변을 잠식했다. 열기의 근원지는 바하무트였다. 염열지옥을 사용하자 바하무트의 발밑으로 용암지대가 생성됐다.

지면이 녹아내려 부글부글 끓어올랐다. 대기에서도 이상 현상이 생겨 사물이 찌그러져 보였다.

반경 수백 미터까지 열기가 퍼지자 그레우스 공작이 오러를 둘러 열기를 차단시켰다. 바하무트의 전신이 불타고 있었다.

붉은색 보다 더 붉은, 피처럼 시뻘건 불꽃이 그를 뒤덮었다. 어지간한 존재는 가까이 다가가기도 전에 녹아 없어진다. 그랜드 마스터라고 해도 장시간 버티기는 무리였다.

"대단하군."

그레우스 공작은 진심으로 감탄했다. 그가 바라보는 바하무트는 자신들처럼 오러를 익히지 않은 대신에 불을 자유자재로 다뤘다.

불의 권능.

활활 타오르는 불 그 자체였다.

"이제부터는 재미있을 거다."

바하무트의 입꼬리가 올라갔다. 그레우스 공작은 따라 웃지 못했다. 그가 어떻게 행동할지 알 것 같았다. 이 지루한 공방을 끝내려는 속셈이다.

콰앙!

대기 중에 산재해 있던 천폭화주 전체가 터졌다. 폭발의 잔재에 가려 그레우스 공작의 시야가 가려졌다. 그는 오러를 확장시켜 바하무트의 기척을 읽으려 했으나 때는 이미 늦었다.

쫘악!

"크윽!"

"안녕?"

푸화아악!

그레우스 공작의 뒤를 점한 바하무트가 그를 꽉 끌어안았

다. 염열지옥의 열기가 오러를 파고들려 했지만 확실히 경지
가 높았기에 겉에서만 맴돌았다.

콰아아앙!

당황한 그레우스 공작이 벗어나려 애를 씀에도 바하무트는
끝까지 손을 풀지 않았다.

"나와 함께 춤을 추자."

폭화 언령술 : 사 조합 스킬.
터질 폭(爆), 흐를 류(流), 붙잡을 나(拏), 바람개비 환(統).
폭류나환(爆流拏統) : 폭발의 흐름 속에 붙잡힌 바람개비.

그레우스 공작과 바하무트의 육체가 회전했다. 점차 회전하
는 속도가 빨라지며 그들을 중심으로 회오리가 만들어지더니
종국에는 거대한 화염 폭풍으로 변했다.

"끄으으으!"

퍼퍼퍼펑!

콰아아아!

염열지옥의 열기와 폭류나환의 회전 폭발에 휘말린 그레우
스 공작은 내부로 침투하는 기운에 이를 악물었다.

"제법 버티는군."

스킬은 단발로 사용하는 것보다 장점끼리 조합해서 사용하
면 몇 배를 넘어서는 데미지를 주는 게 가능했다.

지름 수십 미터의 화염 폭풍이 평원 이곳저곳을 휩쓸었다.

유저들과 병사들은 아군 적군 가릴 것 없이 폭풍이 다가오자 기겁하며 도망갔다.

저곳에 빨려 들어가면 잿더미로 화할 것이다.

"모두 물러서라!"

피하는 것은 라이세크도 다를 바 없었다. 그라도 저런 공격을 맞으면 잠시도 버텨내지 못한다.

쿠아아앙!

거대한 화염 폭풍의 가운데가 풍선처럼 부풀면서 푸른빛이 뿜어졌다.

콰당탕!

바하무트의 육체가 땅바닥으로 처박혔다. 용투기로 보호했기에 중상을 입진 않았다.

"크으……!"

우웅우웅!

폭풍의 부유력에 하늘로 떠오른 그레우스 공작의 육체를 중심으로 푸른색의 오러 배리어가 드러났다.

그 오러 배리어가 화염 폭풍을 날려 버린 장본인이다.

"좋았나?"

바하무트가 웃었다. 이런 거였다. 이런 전투를 원했다. 자로 잰 듯이 딱딱 움직이는 그런 짜증 나는 전투가 아니라 치고받고 찢어지고 부러지는 전투가 적성에 맞았다.

"위험했네. 하마터면 치명상을 입을 뻔했어."

그레우스 공작은 녹아내린 가죽 갑옷을 보자 등골이 서늘했다. 일반적인 가죽 갑옷이 아니었다.

엄청난 항마력을 지닌 비홀더의 가죽에 대마도사의 방어 결계가 부여된 아티팩트였다. 그런데도 열기를 못 버티고 녹아내렸다.

머리는 산발이 된 지 오래고 피부는 벌겋게 달아올라 있었다.

"이제부터는 더 위험할걸?"

바하무트의 자신의 스킬을 자유자재로 조절한다. 상대에게 일격을 가하는 단발성으로 쓸 수도 있고, 용투력을 소모해 계속해서 유지하는 지속성으로 쓸 수도 있다. 효력은 염열지옥이 가장 좋지만 다른 것들도 가능했다.

예를 들어.

폭화 언령술 : 삼 조합 스킬.
뜨거울 염(炎), 임금 왕(王), 주먹 권(拳).
염왕권(炎王拳) : 염왕의 주먹.

바하무트의 양 주먹이 불타올랐다. 염왕권을 주먹에 응축시킨 것이다. 이제부터는 상대를 칠 때마다 염왕권의 화력이 폭발한다. 상당한 용투기를 소모하기에 2차 전직 때는 사용할 엄두를 못 냈다.

"나도 위험한 걸 준비하지."

우우우웅!

그레우스 공작의 롱 소드에서 5미터 길이의 푸른색 소울 블레이드가 생성됐다. 살짝 닿기만 해도 몸이 잘릴 절삭력이 느껴졌다.

어쩌면 용투기조차 갈라 버릴지도.

"제대로 할 생각이 들었나 봐?"

"기대에 부응해 주겠네."

퍼어어엉!

순식간에 거리를 좁힌 둘이 완벽한 백병전에 들어갔다. 소울 블레이드가 날아오는 곳마다 바하무트의 주먹이 나타나 후려쳤다.

폭음이 터지며 천지가 진동했다.

'밀리는군.'

조금이지만 밀리고 있었다. 확실히 본체로 현신하지 못한다는 제약을 지니고서 동급의 강자를 상대하기는 게 쉽지는 않았다.

콰앙!

그레우스 공작은 전 방위를 압박하는 공격을 부드러운 나뭇가지가 바람에 흩날리듯 유연하게 피해냈다.

"이번엔 내 차례네!"

그레우스 공작의 검이 부드럽게 휘어지며 바하무트의 전신을 난타했다.

티티티팅!

바하무트는 그레우스 공작처럼 유연하게 피하지 못한다. 어설프게 피하는 것보다 확실하게 막는 것을 선호했다.

폭화 언령술 : 삼 조합 스킬.
터질 폭(爆), 연꽃 련(蓮), 불 화(火).
폭련화(爆蓮火) : 터지는 불꽃의 꽃.

그들의 정중앙에 거대한 꽃이 피었다. 그레우스 공작은 바하무트의 공격을 피하느라 미리 대처하지 못하고 꽃에 갇히고 말았다.

콰콰콰콰!

꽃잎이 만개하며 대폭발을 일으켰다. 바하무트는 폭련화에서 빠져나왔다. 그리고 뒤를 돌아본 순간.

꽈앙!

"크악!"

폭련화를 가르고 나온 푸른 빛줄기가 바하무트의 가슴을 갈랐다. 용투기가 분해되며 가슴에서 피가 새어 나왔다.

후우우웅!

먼지가 걷히고 온몸에서 김을 내뿜는 그레우스 공작이 나타났다. 그도 상태는 그리 좋아 보이지 않았다.

스스스스!

그레우스 공작의 소울 블레이드가 점점 굵고 길어졌다. 뭉치는 오러의 양도 증가했다. 마력이 요동치며 대기가 물결처럼 흔들렸다. 서서히 끝을 낼 때가 다가온 것이다.

"끝장을 보도록 하지."

그레우스 공작이 움직였다.

＊　　　＊　　　＊

폭련화를 갈라 버린 푸른 섬광에 가슴을 적중당한 바하무트의 육체가 수십 미터 바깥으로 퉁겨졌다. 용투기가 종이처럼 베였고 그러고도 남은 충격은 고스란히 데미지로 축적됐다.

"요즘 따라 용투기가 자주 뚫리는군."

일격에 생명력의 30%가 빠져나갔다. 이번에 받은 공격으로 생명력이 밑바닥에서 허우적거렸다.

꿀꺽!

바하무트가 최상급 포션을 복용하고서 폭련화에서 걸어 나오는 그레우스 공작을 쳐다봤다.

떨어졌던 생명력과 용투력이 빠른 속도로 채워졌지만 임시방편일 뿐이다. 누적되는 충격과 폭화 언령술을 남발한 대가로 과부하에 걸리기 직전이다.

완벽한 과부하 상태에 들어가면 제아무리 생명력이 높아도 샌드백에 불과하니 조심해야 했다.

"기가 블레이드라네."

우우우웅!

그레우스 공작의 검이 푸른빛에 휩싸였다. 지금까지 봐왔던 어떤 빛보다도, 오러보다도 크고 강렬했다. 그의 검에서 발생

되는 강렬한 파동에 대기마저 갈라졌다.

"미친!"

멀리서 그레우스 공작의 오러를 보던 라이세크가 욕지거리를 뱉었다. 라이세크는 대륙십강에 오른 강자답게 푸른빛에 내포된 기운을 읽어냈다.

그는 그레우스 공작의 기술을 보며 두 달 전, 오크 로드의 대검에 양분됐던 끔찍한 기억을 떠올렸다.

"수십 배는 강하겠다."

오크 로드가 산악을 가를 정도였다면 그레우스 공작은 천지를 가르고도 남을 정도였다.

"나도 검술 하나 있는데 보여줄까?"

기가 블레이드를 본 바하무트가 말했다. 나름 어울릴 만한 기술이 있었다.

"좋네."

사 조합 스킬로는 막지 못한다. 모르긴 몰라도 순식간에 뚫려서 반으로 조각날 것이다.

'실패하면 나는 죽을 테고 나머지는 저놈이 알아서 하겠지.'

폭화 언령술 : 오 조합 스킬.
불꽃 염(炎), 죽일 살(殺), 땅 지(地), 옥 옥(獄), 칼 검(劍).
염살지옥검(炎殺地獄劍) : 불꽃조차 죽이는 지옥의 검.

화르르르!

바하무트는 양팔을 날개처럼 펼쳤다. 그러자 거대한 크기의 염살지옥검이 양팔을 타고 뿜어져 나왔다. 경이로울 만큼 화려한 모습이 모든 이의 시선을 단박에 사로잡았다.

웅웅!

그레우스 공작의 검에 비하면 크기도 작고 약해 보였지만 염살지옥검은 2개였다.

본체 상태로 생성시켰다면 검 하나당 수십 미터도 넘었을 것이다. 실제로도 히드라의 목을 자를 때 그쯤 되는 크기를 지녔었다.

"화려하군."

"빨리하지. 유지하기 힘들거든?"

염살지옥검을 마지막으로 육체가 과부하에 들어갔다. 아마 격돌이 끝난다면 용투기가 풀리리라.

콰드드드!

바하무트가 하반신으로 남아 있는 용투기를 모두 집중시켰다. 그레우스 공작 역시 오러를 이용해 육체의 성능을 최고조로 높였다.

[라이세크, 병사들을 데리고 최소 300미터 바깥으로 빠져나가라.]

라이세크는 바하무트의 음성을 듣는 즉시 병사들을 데리고 범위를 벗어났다. 때에 맞춰 다모스 왕국군도 도망치고 있었다.

"죽어."

"끝나면 알 수 있겠지."

투앙!

둘의 육체가 서로를 향해 포탄처럼 쏘아졌다. 염살지옥검이 엑스로 교차하며 내리쳐 오던 그레우스 공작의 기가 블레이드와 충돌했다.

쿠아아아아앙!

바하무트 뒤쪽으로는 폭발하는 붉은 불꽃이 퍼져 나갔고 그레우스 공작 쪽으로는 흩날리는 푸른 조각이 허공을 수놓았다.

기술의 충돌로 생겨난 충격파가 저 멀리 도망치고 있던 양쪽 군대의 후미를 강타하며 수백 명 이상의 유저가 허공으로 날아갔다.

콰우우우!

라이세크조차 오러로 전신을 방어하고서야 멀쩡히 서 있을 수 있었다. 다른 이들은 엉덩방아를 찧으며 데굴데굴 굴렀다. 진지에서 데리고 왔던 말들이 심장마비로 급사하는 어이없는 상황까지 일어났다.

"죽… 었나?"

> 과한 용투기 전개로 육체가 버티지 못합니다. 용투기와 본체 상태가 해제됩니다.

용투력이 바닥이다. 설사 가득 차 있어도 이제는 사용하지 못한다. 용투력을 사용하지 못하니 폭화 언령술을 포함한 모든 스킬 사용이 불가능했다.

슈아아앙!

푸확!

"크아아악!"

용투기의 부재로 무방비 상태인 바하무트가 소울 블레이드에 허리를 베였다. 반으로 나뉘지는 않았지만 생명력이 200도 남지 않았다. 포션을 복용하려 해도 상태이상 출혈과 혼란이 동시에 걸려서 몸이 굳었다.

질질질질!

저벅!

바하무트가 바닥에 엎어진 채로 고개만 돌려 소리가 들려오는 쪽을 쳐다봤다. 그곳에는 온몸이 만신창이로 변한 그레우스 공작이 절뚝거리며 다가오고 있었다.

충돌의 후유증인지 왼쪽 다리가 뼈가 튀어나올 정도로 부러졌다. 그 때문에 제대로 걷지를 못해 검을 의족 삼아 겨우겨우 걸었다. 오른팔은 염살지옥검에 잘려 진득한 핏물을 흘려댔다.

"상처뿐인 승리지만 내가 이겼군."

"만족하나?"

"만족이라… 기사로서는 만족하지만… 왕을 지키는 기사로서는 만족하지 못하지."

그레우스 공작은 흐릿해지는 두 눈 속에서 멀리서 달려오는 아군과 적군을 발견했다. 이미 전쟁의 승패가 갈렸는데 뭐가 저리 급한지 모르겠다.

"마지막을 장식해야겠군."

그레우스 공작이 검을 치켜들었다. 바하무트는 그 모습을 멀뚱히 지켜봤다. 지면 죽는 게 당연한 거다.

"이놈! 멈춰!"

스톰 브링거 제삼식 : 스톰 버스터.

퍼어어엉!

"쿨럭!"

스톰 버스터에 적중당한 그레우스 공작의 가슴에 커다란 구멍이 뚫렸다. 그는 슬로우 모션처럼 천천히 쓰러졌다. 오러가 없으면 울티메이트 마스터라도 종이호랑이에 불과하다.

털썩!

"좋은 기분은 아니군."

바하무트는 가까운 곳에 쓰러진 그레우스 공작을 보며 말했다. 그는 검을 내려치기 전에 공격받을 것을 알고 있었을지도 모른다.

최후를 장식해 줄 자신이 이 꼴이니 다른 사람에게 죽어야 했다. 그리고 그가 선택한 사람은 라이세크였다.

"지겹고 지겨웠던 전쟁이 끝났다."

다모스 이 왕자파의 총사령관 그레우스 공작이 사망했습니다.

공적 1위의 영향으로 루펠린의 국왕이 당신을 찾습니다.

5레벨이 증가하셨습니다.

"내가 공적 1위? 아, 그놈들을 죽여서인가?"

그레우스 공작의 최후를 장식한 건 라이세크지만 바하무트는 두 명의 그랜드 마스터를 죽이고 적의 총사령관을 죽기 직전까지 몰아갔다.

아무래도 그런 공로를 인정받아 1위를 한 듯싶었다.

"괜찮아?"

"그럭저럭."

라이세크가 포션을 꺼내 바하무트에게 먹였다. 상태 이상이 풀리며 생명력이 끝까지 차올랐다.

"고맙다."

"됐어. 슈타이너하고 내 영지 살 돈이나 준비해."

"설마 다 팔 거야?"

바하무트는 다모스 점령전의 전공으로 후작의 작위와 영지를 받는다.

저번 히드라 보상 때 받은 영지와 함께 이참에 죄다 정리할 생각이다.

그리고 그 돈으로 아마란스 영지를 키우려고 했다. 슈타이너도 이번에 공적으로 영지를 받으면 정리할 것이다.

"응. 슈타이너 것도 같이 팔 거다."

"하! 자금이 될지 모르겠다. 아니, 무슨 수를 써서라도 산다. 빚을 내서라도."

바하무트와 슈타이너의 영지를 사들이면 그는 타마라스와 맞먹는 세력을 보유하게 된다. 개인 보유 영지만도 수십 개 가까이 된다. 영지는 쉽게 구하지 못한다. 기회가 있다면 무리를 해서라도 사야 한다.

"나 먼저 돌아간다. 피곤해."

"고맙다. 일단 내가 정리해서 돌아가마. 슈타이너랑 며칠 뒤에 보자."

"응. 그레우스 공작이 떨군 아이템은 알아서 상납해라."

"알았다."

바하무트는 현재 만사가 귀찮았다. 보름 이상을 잡혀 살았다고 생각하니 끔찍했다. 어서 돌아가서 쉬고 싶었다.

슈슉!

바하무트가 텔레포트 스크롤을 사용해서 사라지자 라이세크가 외쳤다.

"돌아갈 준비를 해라! 우리가 이겼다!"

와아아아!

다모스 왕국군은 이미 지리멸렬이다. 지휘자가 없으니 포로로 잡아들이면 된다.

이렇게 길고 길었던 다모스 왕국 점령전이 끝났다.

14장
휴식

정체기가 유지되던 포가튼 사가에 몰아친 변화의 바람은 대륙의 세력 판도를 완전히 뒤엎었다.

그 중심에는 다모스 왕국이 있었다. 본래 삼대강국의 한 곳인 다모스는 강력한 군사력을 자랑했던 군사 강국이었지만 타마라스의 술수에 걸려 삼분되어 버렸다. 국가가 쪼개지고 본격전인 내전에 돌입하려는 찰나, 모종의 목적을 지닌 타마라스가 헬렌비아 제국의 속국을 자처했다.

타마라스가 먹어치운 다모스의 영토는 15%에 해당한다. 어림잡아 오소국의 7할에 해당하는 영토를 통째로 바친 것이다.

결과적으로 제국은 타마라스의 세력을 받아들였다. 그에게 자치권을 허락하고 공왕의 직책을 내렸다. 제국은 그 자체로 압도적인 국력을 보유한 대륙 최강대국이다. 그 상태에서 아반트 공국의 국력까지 더해지자 아홉 개국으로 유지되던 아슬아슬한 힘의 균형이 무너졌다.

먼저 위기감을 느낀 국가는 루펠린과 칼베인 두 왕국이다.

삼대강국이 건재했던 시절에는 국가조약을 체결하고 제국을 견제하였기에 사이가 좋지 않았다. 그러니 제국의 국력 증강은 눈엣가시였다.

두 왕국은 각각 내전에 휩싸인 다모스의 왕자들에게 사신을 보내어 동맹을 제의했지만, 단칼에 거절당했다. 이대로라면 제국과의 전쟁에서 자국의 안전을 보장할 수 없다고 판단하고서 강제로라도 점령하기 위해 전쟁을 일으켰다.

제국은 서로 간의 상잔을 기대하며 전쟁을 방관했다. 전쟁에는 희생이 따르게 마련이니까.

반의 성공.

칼베인과 루펠린은 모두 전쟁에서 승리했다. 그러나 칼베인은 영토를 넓히고도 국력이 하락했다. 왜냐하면 자국과 적국의 울티메이트 마스터가 동사했기 때문이다. 반대로 루펠린은 바하무트와 슈타이너의 선방으로 별다른 피해 없이 제국에 오를 수 있는 기틀을 마련했다.

더군다나 이번 전쟁에서 자국의 새로운 울티메이트 마스터를 선보여 제국을 긴장하게 만들었다. 새로운 영토를 완벽하게 흡수해서 안정화에 접어들면 왕국에서 제국으로 성장할 것이다.

현재 루펠린을 주축으로 한 이대강국과 제국의 국력은 얼추 비슷했다. 굳이 따지자면 아직도 제국 쪽이 조금 우위였다. 제국으로서는 루펠린이 성장하기 전에 싹을 자르고 싶음에도 꾹 참았다.

앞으로의 계획과 아반트 공국과의 연계를 생각하면 시간이 필요했기에 침묵을 고수했다. 이러한 사실을 눈치챈 두 왕국은 일단 제국을 도발하지 않고 다모스 왕국의 영토를 소화시키는 데 주력하기로 했다.

아홉 개국 중에서 하나의 나라가 사라졌을 뿐인데도 극심한 변화가 나타났다.

만에 하나 이 변화가 두 왕국과 제국 간의 전쟁으로 번진다면 오소국도 좋든 싫든 참여해야 한다. 힘의 균형이 한쪽으로 기운다면 그것은 대륙전쟁이 발발하는 시발점이 될 것이다.

이처럼 포가튼 사가를 구성하는 국가들 간의 기류가 심상치 않게 흘러가고 있었다.

*　　　*　　　*

"대체 얼마만이지?"

바하무트는 아마란스 영지를 떠난 지 무려 한 달하고도 3주가 지나서야 되돌아왔다.

처음 영지에 도착해서 간단한 업무를 처리했던 당일.

라이세크가 찾아와 다모스 왕국 점령전을 도와달라며 부탁했고 바하무트는 받아들였다. 그 다음 날 슈타이너의 작위를 얻기 위해 영지를 떠나 이어진 전쟁까지 합하니 대략 그쯤 되었다.

"지겹도록 복잡했다."

전쟁 종결 이후 성대하게 치러진 논공행상을 생각하면 진절머리가 났다. 생각만 해도 머리가 지끈지끈 아팠다. 바하무트는 공적 1위를 달성해 후작의 작위를 수여받았다. 후작령은 작위에 걸맞는 광활한 영토를 자랑했다.

바하무트는 후작령과 일전에 히드라로 얻은 자작령을 라이세크에게 팔았다. 슈타이너도 라이세크를 통해 백작령을 바하무트의 주변의 남작령과 골드로 교환했다. 공적 3위로 받은 자작령도 깔끔하게 투척했다.

"게임만으로도 먹고 살겠다."

바하무트는 골드로 넘쳐나는 자신의 인벤토리를 보며 흐뭇해했다. 그는 영지로만 30억을 벌었다. 슈타이너는 다소 적은 10억이다.

그야말로 돈방석에 앉은 것이다.

그러나 퀘스트의 최대 수혜자는 라이세크였다. 퀘스트의 성공과 둘에게 구매한 영지 덕분에 세력이 두 배 가까이 증가했다.

이리되자 국왕은 라이세크에게 공작의 작위를 내렸다. 유저로는 타마라스 다음의 두 번째로서 이제 루펠린 왕국에는 그 포함 공작이 네 명이다.

라이세크는 모자란 구매 자금을 채우려고 현실에서 대출까지 받았다. 당장은 허리띠를 졸라매야겠지만 시간이 지나면 배로 벌어들일 것이다.

40억이라는 거금보다도 중요한 자신의 미래를 보장받게 되었다. 그렇기에 싱글벙글 웃을 수 있었다.

"많이 변했네?"

아마란스 영지는 못 본 사이에 발전을 거듭했다. 평지의 일부에서만 짓던 농사는 전역으로 넓혀졌다. 병사들도 정원을 꽉 채워 철통같은 방어를 자랑했다.

그런데 속내를 들여다보면 실소를 금치 못한다. 바하무트는 후작이다. 고로 아마란스 후작령이 된다.

영토의 크기와는 관계없이 국왕으로부터 작위를 수여받았으니 그가 있는 곳이 곧 후작령인 것이다. 하지만 아마란스 영지는 제국으로 발전할지도 모를 강대국의 후작령치고는 상당히 빈약했다.

바하무트는 조급해하지 않았다. 이런 게 영지 발전의 재미였다.

다소 아쉬운 건 적대 세력이 사라졌다는 점이다. 이미 왕국 전역에 그가 울티메이트 마스터라는 소문이 파다하게 퍼졌다.

루펠린 왕국 내부라면 설사 국왕이라도 바하무트를 건들지 못한다. 더군다나 대다수의 귀족이 바하무트와 라이세크의 친분 관계 확인했다.

라이세크는 공작이다. 세력의 규모 자체가 달랐다. 어떤 정신 나간 귀족이 그와 적대하겠는가? 영지가 쑥대밭이 되고 기둥뿌리가 뽑히고 싶지 않고서야 그럴 수가 없었기에 알아서들 꼬리를 말았다.

"어떻게 쓰면 잘 썼다고 하려나?"

라이세크에게 영지 판매 대금 30억을 현금이 아니라 3,000만 골드로 받았다.

아마란스 영지에는 두세 곳 정도의 소도시를 건설할 수 있는 공간이 존재했다. 바하무트는 소도시를 따로따로 건설하지 않고 하나로 통합시킬 포부를 지녔다. 농사를 지을 수 있는 농토를 제외한 전 지역을 수도처럼 거대한 도시로 만들고 싶었다.

돈은 얼마가 들어도 상관없다. 그냥 즐거우면 그것으로 만족한다. 남들이 보면 미친 짓으로밖에 안 보일 테지만 게임에서 번 돈은 게임에 사용하는 게 옳다.

바하무트는 지금 318레벨이다. 토 나올 정도로 레벨업이 더뎠다. 50일 이상을 사냥에만 전념했는데도 이 상태다.

이는 레벨이 오를수록 심해질 것이다. 사냥만 하고 살 수는 없으니 영지를 키우면서 나름 여가를 즐기는 것도 나쁘지 않았다.

"이놈은 잘하고 있으려나."

슈타이너는 라이세크에게 백작과 자작령을 건네주고 10억과 작은 남작령 하나를 받았다. 그도 백작의 작위를 지니고 코딱지만 한 남작령의 영주가 됐기에 바하무트와 상황이 비슷했다.

슈타이너는 현실에서 가정을 책임져야 한다. 그 때문에 영지에 투자할 여유가 많지 않았다.

애당초 관심사가 영지와는 동떨어져 있는 놈이다. 살 만하게 만들어놓고 세금이나 먹어댈 게 눈에 선했다. 어쩌면 그조차도 안 하리라.

어차피 슈타이너도 적대 세력이 없을 것이다. 적국의 그랜드 마스터 두 명을 동시에 죽인 업적이 왕국 전역에 돌았다. 물론 그 역시 라이세크와 친하다는 부분이 크게 영향을 미쳤다.

"모르겠다. 알아서 잘하겠지."

슈타이너 자체로도 무적이다. 영지는 따로 관리하지 않아도 알아서 잘 돌아갈 것이다. 그러니 걱정해 줄 필요는 없었다.

"다신 안 한다."

집무실의 고급 의자에 몸을 누이자 폭신한 감각이 전신에 스며들었다. 점령전 퀘스트는 정신적, 육체적으로 바닥을 내보이게 했다.

그레우스 공작에게 마법이 걸렸을 때만 해도 굉장한 스트레스였다. 퀘스트를 괜히 수락했다는 후회가 무럭무럭 솟아날 지경이었다. 어찌해야 아군에 피해를 주지 않을까 하는 생각으로 하루 종일 고생했다.

특별한 대책이 없어서 말하지 않았다. 호들갑을 떨 게 분명했으니까.

슈타이너가 죽었을 때도 기분이 매우 좋지 않았다. 하나부터 열까지 스트레스의 연속이었다.

새삼 느끼지만 라이세크가 대단해 보였다. 그는 이게 생활이다.

거센 바람 길드를 이끄는 길드장이자 루펠린 왕국의 연합 길드를 이끄는 라이세크는 작은 왕과도 같았다.

퀘스트를 할 때마다 적게는 수만에서 많게는 수십만의 병력을 이끌고 그들의 생존을 책임져야 한다. 모르긴 몰라도 정신적 압박감이 대단할 터였다.

그런데도 이런 생활에 만족하며 더더욱 노력한다. 자신만의 제국을 세우겠다는 목표까지 잡고 있으니 말 다했다.

서로의 목표와 기준이 달라서 뭐라 말하긴 어려워도 확실한 것은 골치 아픈 생활임이 분명하다.

슈타이너와 맹세했다. 단체로 움직이는 건 이번이 마지막이라고 말이다. ·

"아무튼 끝났다."

해야 될 일이 태산처럼 쌓였다. 영지도 키워야 하고 장군 퀘스트도 준비해야 한다.

그리고 슬슬 아이템을 갈아치울 때가 다가왔다. 셋 중 가장 중요한 것은 아이템이다. 영지는 천천히 키워도 되니 제쳐 둔다. 장군 퀘스트도 아이템이 좋아야 합격 가능성이 높아진다.

"근데 어디서 구하지?"

현재 바하무트가 착용한 아이템은 전부 유니크였다. 사실

갈아치울 필요까진 없지만 장군 퀘스트의 난이도를 생각하면 모자란 감이 있었다.

화 속성과 관련된 히어로 아이템이 필요한데 구하기가 여간 어렵지 않다.

틈틈이 포가튼 플레이포럼에 들어가서 불과 관련된 절망등급 몬스터가 있는지 알아보는 중이었다. 아직까진 뚜렷한 정보는 없었지만 시간은 많았다. 이대로도 최강이라 별다른 불만은 없었다. 영지를 키우며 여유를 갖고 알아보면 될 것이다.

"오늘은 영지 좀 살펴야지."

바하무트는 영지의 전반적인 사항을 이해하려고 그레이슨을 불렀다. 영지 목록에 들어가서 확인하자 꽤 많은 발전을 이룩해 놓은 상태였다.

작위의 영향으로 자작령에서 후작령으로 두 단계가 승급됐다. 인구도 증가했고 수입과 지출, 자산과 영지의 가치 등이 모두 상승했다. 아쉬운 점은 영주 본인이 세세하게 관리를 못했기에 군데군데 부족한 곳이 보인다는 거지만 이제부터 해결하면 됐기에 그러려니 했다.

"승전을 축하합니다, 영주님!"

"고마워요."

"보고를 올리겠습니다."

허례허식 따위는 쓸모가 없었기에 생략했다. 그레이슨은 영주가 볼 수 있는 영지 목록보다도 더욱 세밀하게 만들어진 보고서를 작성해서 보여줬다.

보고서에는 앞으로의 발전 방향이나 영지의 주의 사항과 계획 등이 삼 등급으로 분류되어 있었는데 이는 돈이 얼마나 들어가느냐에 따라서 나뉘어 있었다.

'허! 이것 봐라?'

보고서를 읽는 바하무트의 얼굴이 미미하게 떨렸다. 후작령이 되어서인지는 몰라도 해야 할 일이 만만치 않았다.

돈만 퍼부으면 해결되는 일들임은 분명하다.

그런데 퍼부어야 할 금액이 상상을 초월했다. 장난이 아니었다. 돈이 많다고 자부하는 바하무트에게 고민이라는 단어를 생각나게 만들었다. 하려면 못할 것도 없지만 설명이 필요했다.

"설명 좀 부탁합니다, 그레이슨."

"어떤 것부터 도와드리면 되겠습니까?"

"병력부터 하죠."

아마란스 영지의 병사는 정확히 2,000이다. 자작령이었을 때는 최고 수준이 병력이었는데 후작령이 된 지금에는 어디 가서 말하기도 부끄러울 수준이 돼버렸다. 루펠린 왕국의 후작은 최대 2만까지 병력 충원이 가능하다.

돈이 많이 들어서 못할 뿐이지.

"병력의 수와 무장 상태는 얼마나 생각하고 계십니까?"

"최고."

무턱대고 최고라 말하는 게 아니었다. 어중간하면 나중에 돈이 더 많이 들지도 모른다. 현실에서도 그렇지 않은가. 값싼 물건을 구매했다가 금방 고장 나면 새로운 것을 또 구매해야 한다. 그럴 바에야 차라리 처음부터 비싼 물건을 산 다음 안심하고 쓰는 게 이득이다.

"저희 영지의 인구 상태로는 최대치의 병력 충원이 불가능합니다."

바하무트의 작위만 후작일 뿐, 영지 자체는 과거보다 조금 더 발전한 수준에 속한다. 한계 병력을 유지하기에는 턱없이 부족한 인구였다.

"방법은 두 가지가 있습니다."

막대한 자금을 들여 노예를 구매하거나 영지의 규모를 확대해서 이주민을 받아들이는 거였다. 둘 중 바하무트가 관심을 표현한 것은 이주민이다.

어차피 수도처럼 거대한 도시를 건설할 포부를 지녔다.

노예는 구매하는 자체가 돈이고 주거 공간을 마련하는 것도 돈이다. 한 번으로 끝나지 않고 이중 삼중으로 든다.

"그렇다면 현재 충원할 수 있는 병력까지만 하고 무장만 최상으로 하죠."

"그렇다면 5,000명까지 충원하실 수 있습니다."

"기사도 양성하겠습니다."

"정석대로 하시겠습니까?"

100명의 병사마다 1명의 기사를 양성할 수 있다. 이것은 절대적인 수치라서 어길 수가 없었다.

200명에 1명의 기사는 가능해도 50명에 1명은 불가능하단 소리다. 정석이라면 정확히 100명당 1명의 기사 비율을 뜻한다.

"예."

"최고 수준의 장비를 기준으로 처음 70만 골드가 들어가며 달마다 90만 골드가 소모됩니다."

최고 수준의 장비는 병사 한 명당 그가 지니는 가치를 부여한다. 병사 한 명에 100골드의 양성비가 들어가니 장비도 100골드였다. 기사는 한 명당 1,000골드로서 장비도 1,000골드였다. 5,000명 규모에 이렇게 드는데 2만이라고 생각하면 어떨지 상상이나 가는가?

"농지에 관해서 설명을 부탁합니다."

농작물은 아마란스 영지의 주 수입원이다. 유저들에게서 받는 세금을 제외하면 특산물이라 부를 수 있는 게 농작물이었다.

쌀, 보리, 밀, 호밀, 메밀, 옥수수, 팥 등의 많은 종류의 작물이 재배되어 영지가 버틸 식량을 제외한 나머지는 전부 다른 지역으로 수출된다.

"아마란스 영지 바로 옆 평원은 전부 개간이 끝났습니다. 남은 곳은 세 곳의 작은 평야 지대입니다."

인구처럼 영토에도 한계가 있었기에 개간 가능한 지역이 세 군데밖에 없었다. 농지를 넓히려면 영토를 확장해야 한다. 확장 방법에는 여러 가지가 있어서 차차 신중히 선택하면 될 듯했다.

세 곳의 평야를 개간하고 농작물에 관련된 모든 것을 최상으로 만드는 비용은 300만 골드가 들어갔다. 달마다 시설물을 보수하거나 여타 수확 조건을 충족하는 데도 꽤 많은 자금이 소모됐다.

농지에는 병력을 주둔시켜야 한다. 개간만 하고 버려둔다면 몬스터들이 백이면 백, 농작물을 망쳐 버릴 것이다.

바하무트는 영토 확장도 하고 농지도 지킬 목적으로 몬스터 토벌을 생각했다. 포가튼 사가는 게임이라서 몬스터가 재생성된다. 그럼에도 토벌이 가능하다. 어떻게 하냐고? 어렵지 않다. 그 지역을 다스리는 몬스터의 우두머리를 죽이고 상주하는 몬스터의 반을 일거에 쓸어버리면 알아서들 도망친다.

그리하면 게임 시스템상 토벌이 된 것으로 간주하여 영주의 영토로 귀속된다. 이것은 유저들이 피하는 최악의 영토 확장 방법으로 라이세크조차 하지 않았다.

영지 관리하기도 힘든데 병력을 이끌고 토벌을 한다는 건 어이없는 발상이었다. 비싼 돈 들여 양성한 병력을 사지로 내모는 꼴이다.

죽기라도 하면 주머니에서 골드가 새어 나간다. 토벌이 성공한다는 보장도 없었고 설사 성공해도 영토를 사람이 살 만한 공간으로 만들려면 천문학적인 자금이 들어간다. 차라리 영지를 돈 주고 구매하는 게 옳은 판단이다.

'내가 가서 다 죽여야지.'

본체로 현신해서 적진 한복판에 전력으로 모은 브레스 한 방 갈기면 해결될 일이었다. 이것은 바하무트이기에 가능하지 다른 자들은 꿈도 못 꿀 전략이다.

"이건……."

바하무트의 시선이 보고서의 가장 마지막으로 향했다. 그곳에는 그의 생각과 일치하는 도시 확장에 관련된 내용이 세세하게 적혀 있었다.

아마란스 영지는 이제 자작령이 아닌 후작령이다.

그레이슨의 보고서에는 좁은 상태에서나마 후작령에 걸맞는 도시를 건설하는 것과 영토를 확장시켜 도시의 규모를 늘리는 방법 두 가지가 존재했다. 선택은 영주인 바하무트의 몫이었다.

"그레이슨."

"말씀하십시오."

"최고 수준의 후작 영지로 갑시다."

바하무트는 예전처럼 인벤토리에서 3,000만 골드를 꺼내 그레이슨에게 건네줬다. 그는 생전 처음 보는, 앞으로 다시 보기 어려운 엄청난 거액에 손을 부들부들 떨었지만 금방 진정하고서 말했다.

"하지만 영주님, 영토가 부족하기에 원하는 영지를 지으실 수는 없습니다."

"토벌하면 되죠."

"그렇다면 이곳을 추천하겠습니다."

그레이슨은 자신의 영주가 울티메이트 마스터라는 것을 최근에 알게 됐다. 그렇기에 걱정하지 않고 가지고 온 지도를 펼쳐 토벌을 했으면 하는 지역을 손가락으로 가리켰다.

'어라?'

재미있는 지역이다. 바하무트는 흥미가 생겼다. 루펠린은 삼면이 다른 왕국과 인접하거나 주인 없이 몬스터들이 뿌리박고 있는 숲과 평원 등이었다.

한쪽은 대륙 오대금지구역의 한 곳인 절망의 평원이 가로막았고 남은 두 곳은 헬렌비아 제국과 칼베인 다모스 두 왕국이 막고 있었다.

이제 다모스 왕국은 사라졌으니 남은 것은 칼베인뿐이다. 남은 한쪽 면은 대륙의 젖줄이라 불리는 메릴 강이었다.

문제는 강 쪽으로 가는 지역이 절망의 평원의 끝에서 빠져나온 숲으로 막혀 있다는 것이다. 즉, 그레이슨이 토벌하고자 원하는 지역은 절망의 평원이라 봐도 무방했다. 이런 독립 지역에는 십중팔구 강력한 몬스터가 똬리를 튼다. 절망의 평원 전체에 비하면 작아도 인간들의 국가로 보면 공국 같은 형태였다.

헬렌비아 제국과 아반트 공국 같은.

"영주님께서 언제나 최고를 원하셨기에 지역도 최고로 뽑았습니다만……."

뒷말은 듣지 않아도 짐작 가능했다. 이건 왕국 규모에서 해결해야 하는 토벌이지 일개 영주에게는 어려웠다.

그러나 바하무트가 누구던가.

300레벨을 넘은 포가튼 사가 최강의 유저였다. 혼자서 움직이는 일인군단이다. 옆에는 슈타이너까지 있었기에 불가능한 일은 아니었다.

"괜찮습니다. 그런데 이 지역에서 어떠한 종류의 몬스터가 출몰하는지 아십니까?"

"맨티스가 출몰합니다. 내부 깊숙한 곳까지는 가본 자들이 없어서 정확히는 알려지지 않았습니다."

"맨티스?"

맨티스는 공격일변도의 특성을 지닌 까다로운 몬스터다. 특히 절삭에 관해서는 둘째가라면 서러워한다. 오크나 고블린처럼 철저히 계급 사회를 유지하며 위로 갈수록 강력하다.

나이트 정도의 맨티스는 199레벨에 오른 유저도 동시에 두 마리 이상은 상대하기 어려웠다. 워낙 출몰하는 지역이 한정됐기에 발견하기가 쉽지 않았다.

나이트보다 상위 계급인 제네럴 등급이라면 대륙십강이 아니고선 결코 상대할 수 없었다. 그 이상 계급에 관해서는 아직 밝혀진 게 없었기에 바하무트도 모른다.

'염탐만 하고 올까?'

병력을 동원하기는 힘들었다. 일반 병사는 최약체인 맨티스 워리어도 상대하지 못한다. 워리어를 상대하려면 기사가 나서야 한다.

"이곳을 토벌하는 데 성공하신다면 공국을 건국하실 수도 있습니다."

절망의 평원 전 지역과 비교하면 0.4~0.5%에 불과했지만, 아마란스 영지보다는 10배 이상 거대했다. 토벌만 성공하면 후작령이 공국이 된다.

토벌이 성공한다면 말이다.

"이곳은 제가 알아서 할 테니, 기본적인 것부터 시작해 주세요."

"알겠습니다, 영주님!"

병력을 충원하고 농지를 개간하는 일을 바탕으로 도시 확장을 시작하란 뜻이었다. 시일이 오래 걸리는 일이라서 빨라도 몇 달 이상이 걸릴 것이다.

"이래서 포가튼 사가가 재미있단 말이지."

포가튼 사가가 세상에 모습을 드러낸 지 몇 년이 지났지만 유저들에게 개방된 대륙은 10%에 불과했다.

도대체 언제쯤 모든 지역을 마음 놓고 오고 갈지가 궁금했다.

*　　　*　　　*

"돌겠군……."

슈타이너는 299레벨을 찍고 3차 전직의 기본 조건을 충족했다. 그는 바하무트가 벨케루다인과 친한 것처럼 다른 장군 급의 용족과 친분을 쌓았다.

금명룡장(金明龍將) 리베로스.

벨케루다인과 비교하면 다소 손색은 있어도 명색이 삼십육 용장군의 한 명이다. 그는 슈타이너와 같은 골든 나가이며 창술을 익히는 모든 용족 유저의 스승격인 존재였다.

슈타이너와 리베로스의 호감도는 신뢰.

맹신보다는 한 단계 낮지만 친밀까지 올리는 것도 어렵다고 볼 때 신뢰도 대단한 축에 속했다.

"하필 걸려도 제일 골치 아픈 종류가 걸렸다냐."

전직 퀘스트의 종류는 다양하다. 난이도는 비슷비슷해도 본인의 성격에 따라 체감 난이도가 달라지는데, 슈타이너가 해결해야 하는 시험은 그와는 정반대의 스타일이었다.

"나머지는 형이 도와주면 수월할 테고 하나가 말썽이네."

완료형이 아니라 목표달성형이 걸렸다. 완료형은 전직 시험을 부여받아 그 부여받은 시험을 해결하고 다른 퀘스트를 받는 방식을 말한다.

그러나 목표달성형은 전직 퀘스트를 부여받으면 그 자체로 끝나며 타인의 도움을 받지 못하고 스스로 해결해야 한다.

대체로 스킬 숙련도를 올리라는 등, 구하기 어려운 재료를 구해 오라는 등, 시간을 엄청나게 잡아먹는 것들이다.

슈타이너는 그중에서도 유저들이 가장 기피하는 스킬 숙련도가 걸렸다. 재료는 돈을 주고 사든가 하면 되지만 숙련도는 말 그대로 시간 싸움이다.

299레벨이 될 때까지 바하무트의 옆을 지키면서 기초를 확실히 다졌다. 그뿐이랴? 초반에 부족한 캐릭터를 키우느라 고생이란 고생은 죄다 경험했기에 동 레벨과 비교해도 숙련도가 월등했다. 그런 그였어도 전직 퀘스트를 보면 한숨이 절로 나왔다.

"형하고 상의를 해봐야겠다."

혼자 고민해서 나오는 건 없었다. 바하무트라고 뾰족한 수가 있지는 않겠지만 신세 한탄이라도 해야 속이 풀릴 것 같았다.

쫘악!

슈타이너가 텔레포트 스크롤을 찢었다. 그러자 그의 육체가 밝은 빛에 휩싸이며 드레드누스에서 사라졌다.

*　　　*　　　*

"듀얼 클래스 때문에 퀘스트가 골고루 분배됐네. 4번은 답이 없다. 그냥 올리는 수밖에."

슈타이너의 3차 전직 목록을 확인한 바하무트의 첫 감상평이다. 주술사와 용창기병의 두 직업을 지녔기에 종류가 다양했다. 나머지는 그러려니 하겠는데 하나가 발목을 잡았다.

1. 비상을 향한 준비[완료]
2. 봉인된 비홀더의 눈
3. 라미아 족장의 부러진 창
4. 창술의 대가

1번 비상을 향한 준비는 단어만 다를 뿐, 바하무트 때와 비슷했다. 퀘스트 자격에 관한 평가였다. 기초를 잘 갈고 닦았다면 누구든지 고생 없이 통과한다.

"봉인된 비홀더의 눈은 돈 주고 사면되고……."

비홀더는 종족 자체가 마법에 특화된 강력한 몬스터다. 제일 약한 놈도 200레벨 초반의 악몽등급이다.

출몰 지역이 불분명해서 발견하기 어려운 편에 속하지만 그나마 환영의 협곡에 모여 살아, 잡으려면 그곳으로 찾아가야 한다.

봉인된 비홀더의 눈은 비홀더가 죽으면서 떨구는 정수 100개를 모아 정제하면 만들 수 있다. 종류는 영약이며 지능 50을 영구적으로 올려준다. 가격이 어지간한 유니크 아이템과 비슷하지만 옵션 덕분에 마법 계열 유저들의 사랑을 독차지했다.

"라미아 족장? 강하겠지?"

"3차 전직이니 아달델칸 급이겠죠."

포가튼 사가에는 수만 종이 훌쩍 넘는 몬스터가 존재한다. 그중 라미아는 소문으로만 접했을 뿐, 실제로 본 적은 없었다.

"리베로스가 위치는 가르쳐 줬어?"

슈타이너와 리베로스의 호감도는 신뢰였다. 위치 정도는 가르쳐 줬을 것이다.

"네. 그런데 형하고 같이 가면 대족장이 나타날지도 모르니 조심하라고 경고했어요."

"대족장? 족장만 나오는 곳은 없어?"

대족장이라면 300레벨이 넘을 게 분명했다. 잘못하다 나타
나면 슈타이너를 도와주러 갔다가 목숨을 걸고 싸워야 할지도
모른다.

"라미아 일족은 용족의 나가 일족에게 밀려서 절망의 평원
깊숙한 곳에 모여 산대요. 잡으려면 그곳까지 들어가야 해요.
어딘가에 다른 녀석들이 살고 있겠지만, 그건 모르겠대요."

용족 전체는 마족과 적대적 관계지만 나가 일족은 개인적으
로 라미아 일족과 적대적 관계다.

"좋아. 넘어가자. 어떻게든 해결할 수 있는 부분이니까."

어쨌거나 실패 확률보다 성공 확률이 높으므로 넘어가기로
했다. 정작 걱정스러운 건 4번에 적혀 있는 창술의 대가였다.

"창술 숙련도 몇이냐?"

"고급 33.6%요……."

"……."

바하무트는 슈타이너의 기어들어 가는 목소리를 듣고서는
침묵으로 현재의 심정을 대신했다. 스킬 숙련도는 초급, 중급,
상급, 최상급, 고급, 특급, 마스터로 나뉜다. 슈타이너는 299레
벨이 되도록 고급 33.6%를 올렸다. 쉽게 말해 66.4%만 더 올
리면 특급이 된다.

"못해도 반년은 걸리겠다."

스킬 숙련도 고급부터는 미친 듯이 파고들어도 제자리걸음
을 반복한다. 바하무트조차 318레벨임에도 가장 즐겨 사용하

는 용투기가 특급 7.3%였다.

"반년이면 라이세크한테도 따라잡히겠네요."

슈타이너가 한숨을 내쉬었다. 라이세크는 대륙십강에서 230레벨의 최약체다. 하지만 반년이 지난다면 299레벨을 달성할 것이다.

그 위의 랭커들은 시간이 더더욱 단축되리라.

"3차 전직, 그리 녹록하지 않다. 이사벨라 님도 아직 통과하지 못했어."

"정말이요?"

"그녀가 통과했다면 당장 날 찾아왔을 걸?"

"아!"

바하무트는 포가튼 사가에서 이사벨라를 이긴 유일한 유저였다. 그녀가 3차 전직을 통과했다면 바하무트를 찾아와 대결을 신청했을 것이다.

"아달델칸만 봐도 나와 이사벨라 님이 합공하고도 밀렸어. 네가 막판에 뒤치기 안 했으면 죽었겠지? 난이도는 공평한 법이야. 반년이 지나도 다른 녀석들이 널 쉽게 추월하지 못할 거다."

숫자로 밀어붙이는 건 무의미하다. 못해도 대륙십강 서너 명이 필요했다. 대륙십강의 친분 관계는 굉장히 제한적으로 얽히고설켰다. 특별한 일이 아니라면 서로 만날 일도 없다. 그런데 과연 그놈들이 상대가 3차 전직을 하게끔 도와줄까? 방해나 안 하면 다행이다.

"걱정하지 말고 경매장에서 봉인된 비홀더의 눈부터 사라. 그다음에 형이랑 절망의 평원으로 가자."

탁탁!

바하무트가 슈타이너의 어깨를 두드리며 그를 경매장 쪽으로 이끌었다.

경매장 창을 불러도 되지만 그 주변에는 항상 일정한 상권이 형성되어 있다. 그 때문에 물건을 사려면 직접 가보는 게 확실했다.

                    *   *   *

"어떡하지?"

라이세크는 이번 다모스 왕국 점령전에서 얻은 유니크 아이템들을 바라보며 고민스러운 표정을 지었다. 네 명의 그랜드 마스터는 각자 유니크 하나씩을 떨궜다. 요새 내부를 뒤진 결과 2개를 더 얻었다. 문제는 그게 아니라 그레우스 공작에게서 나온 것들이다.

유니크 다섯 개와 히어로 한 개.

"왜 하필 스킬 북이야?"

[기가 블레이드 : 히어로]

설명 : 다모스 왕국을 지탱하던 트라가드 가문의 독문 검술 기가 블레이드의 초식을 수록해 놓은 검법서.

종류 : 스킬 북(액티브), **제한** : 2차 전직 이상.

라이세크의 스톰 브링거는 유니크다. 기가 블레이드는 슈타이너의 소닉 붐과 동급의 스킬 북, 그것도 검법서였다.

그는 전쟁이 끝나고 슈타이너를 불러들여 그가 획득한 아이템을 거둬 갔다. 개인이 아니라 단체였기에 정당하게 분배하기 위해서다. 슈타이너는 툴툴대면서도 결국에는 건네줬다. 둘에게 영지 판매 대금을 지급한 것과 공통으로 얻은 아이템 분배는 의미가 달랐다.

"팔라면 팔까? 아니, 자금이 모자라. 영지 구매에 모두 쏟아부었어. 더욱이 쓸 만하게 바꾸려면 계속해서 투입해야 해."

기가 블레이드는 검 계열로는 최초의 히어로 스킬 북이다. 통상 스킬 북의 시세는 아이템의 2배가 넘는다. 장담컨대 플레이포럼에 올린다면 판매 요청이 쇄도하리라.

"10억? 20억? 어쩌면 30억이 넘을지도……."

돈을 욕심내는 게 아니다. 이 스킬은 포가튼 사가에 단 하나밖에 없다. 얻는다면 바하무트와 슈타이너처럼 강해질 수 있었다.

"녀석들이 이걸 익히거나 조합할 리는 없고 만나봐야겠다."

촤르르륵!

라이세크가 아이템을 인벤토리에 챙겨 넣었다. 속된 말로 먹고 째고 싶음에도 양심이 허락지 않았다.

"친구 찾기."

띠딩!

친구 창이 뜨며 바하무트와 슈타이너의 위치가 표시됐다.

둘은 아마란스 영지에 있었다. 이런 아이템을 갖고 있는데도 독촉 한 번 안 하다니 대단하다면 대단했다.

수십억이 왔다 갔다 한다. 다른 유저들 같았으면 달라고 발광하고도 남았을 것이다.

"가자."

생각을 정리한 라이세크가 아마란스 영지를 향해 움직였다.

*　　　*　　　*

"눈깔 하나 사려고 1,500만 원을 날리다니!"

봉인된 비홀더의 눈은 슈타이너의 주먹만큼 커다랗고 흉측했다. 경매장 시세는 1,600~1,700만 원이었다.

비싸다고 생각하려는 찰나, 수도 펠젤루스에서 판매를 희망하는 유저를 발견하고 그를 아마란스 영지로 불러들였다.

본래 국가나 영지 내부에서 거래되는 아이템에는 5%의 수수료가 붙는다.

그러나 바하무트는 아마란스 영지의 영주였다. 그의 재량으로 수수료를 제외하고 구매했다.

"그래도 잡으러 가기는 귀찮다며."

"네……."

바하무트가 잡으러 가자고 꼬드겼지만 슈타이너가 귀찮다며 그냥 구매해 버렸다. 지금이라도 늦지 않았다. 되팔고 잡으러 가면 된다.

그런데 또 귀찮단다. 돈 쓰기는 아깝고 잡으러 가기는 귀찮다. 대가 없는 보답을 바라는 사람의 심리란 게 참으로 변덕스러웠다.

"라미아 잡으러 가자."

"지금이요?"

"가벼운 마음으로 가면 되지. 복잡한 일도 다 끝났겠다."

"형, 메릴 강 건넌다면서요."

아마란스 영지의 영토 확장을 위해 메릴 강 너머 절망의 평원을 확인해봐야 했다. 멘티스가 살면 얼마나 살고 토벌이 가능한지 불가능한지를 알아야 앞으로의 계획을 세울 수 있었다.

"라미아 잡고 가자. 퀘스트도 아닌데 급할 거 없잖아."

"저도 급할 게 없는……."

슈타이너는 창술의 대가를 떠올리자 안색이 푸르죽죽하게 변했다. 오늘 라미아 족장의 부러진 창을 완료해도 반년 동안 창을 휘둘러야 한다.

3ㅁㅁ미터 반경에 친구가 들어왔습니다.

"누구지."

"형도요?"

"라이세크네."

바하무트는 누가 들어왔는지 확인하고는 말했다. 슈타이너도 알림음을 들었나 보다.

"정산해 주려고 찾아왔나 보네요."

바하무트는 집무실에서 라이세크를 기다렸다. 정산이 예상외로 일찍 끝난 듯했다.

끼익.

집무실 문이 열리며 라이세크가 들어왔다.

"공작 각하께서 오셨네?"

슈타이너가 자리에서 일어나지도 않은 채로 말했다.

"정산 때문에 왔다."

"난 내가 죽인 놈들 아이템만 주면 된다."

라이세크는 곧바로 유니크 아이템 2개를 꺼내서 슈타이너에게 던졌다.

"감사."

"바하무트."

"그레우스 공작을 죽였을 때 나온 게 스킬 북이지?"

"봤나?"

"얼핏."

라이세크가 바하무트에게 기가 블레이드를 건네줬다. 그는 건네주는 와중에도 스킬 북에서 눈을 떼지 못했다.

"기가 블레이드? 히어로 급 스킬 북이네?"

"그거 네 컬렉션에 넣을 거냐?"

"그래야지."

"당장은 무리지만 나에게 팔면 안 될까?"

"자금 소모가 심한가 보네? 네가 이걸 사지 못한다니."

"너희에게만 40억이 들어갔다. 몇 달 사이 관리해야 할 영지가 2배로 늘었어. 인원 충원은 물론이고 여러 가지로 겹치는 일까지 포함하면 그 몇 배가 넘는 자금이 소모된다. 길드 공금이 남았지만 그건 내 것이 아니야. 모두의 것이지."

라이세크는 기가 블레이드가 탐이 남에도 길드 공금에 손댈 생각은 없었다. 처음이 어려운 법이지 두 번은 쉽다. 한 번 대기 시작하면 급할 때마다 개인 저금통처럼 사용하게 될 것이다.

탁!

"어?"

바하무트가 기가 블레이드를 되돌려 줬다. 그에 라이세크가 놀랐는지 눈만 깜빡였다.

"너희 길드에 시세 감별사들 있지? 알아서 시세 맞춰서 입금해라. 기한은 넉넉하게 줄 테니."

"오! 라이세크! 형한테 예쁨 받네?"

슈타이너가 라이세크의 목덜미를 휘감으며 휘파람을 불어 댔다. 그는 어찌 된 상황인지 잠시 이해하지 못했다.

"이, 이걸 그냥 준다고? 수십억을 호가하는 아이템을?"

"너 고작 그거 먹고 나랑 연 끊을 거냐?"

라이세크가 고개를 크게 저었다. 이따위 거 먹자고 바하무트와 연을 끊는 건 바보짓이다.

"그럼 됐어. 먼저 주는 거라고 생각하고 받아."

"거절하지 않겠다."

히어로 등급의 기가 블레이드.

그는 기쁨을 감출 수 없었다. 이거라면 한층 더 강해질 수 있다.

"유니크는 고생한 간부들이나 챙겨줘라."

"고맙다."

"야, 볼일 끝났으면 어서 가라. 나 3차 전직 치러 가야 해."

슈타이너가 라이세크의 귀에 대고 말했다.

"299냐?"

"응. 너도 사냥 갈래?"

"그러고 싶지만 할 일이 밀렸다. 나중에 같이 가자."

공작이 되고 영지가 늘어나면서 업무가 산더미처럼 밀렸다. 해결하기 전에는 사냥은 꿈도 못 꾼다.

"가라."

"자금 사정이 안정되면 바로 넣어주마."

"그래."

라이세크가 돌아가고 바하무트와 슈타이너는 보조 물품 등을 챙기며 절망의 평원으로 떠날 준비를 했다.

15장
마스터 맵퍼 브레인

절망의 평원.

포가튼 사가 오대금지구역 중에서 바다의 무덤을 제외하면 가장 거대하다. 끝도 없이 펼쳐진 대수림과 협곡은 유저들에게 닿지 않는 미지의 세계였다.

대륙십강의 랭커들이 각자의 군대를 이끌고 탐험을 목적으로 몸을 내던졌지만 초입 부근을 넘어서지 못하고 무너졌다.

숫자가 적으면 적은 대로, 많으면 많은 대로.

몬스터는 거기에 맞춰서 끝도 없이 밀려들었다. 플레이포럼에 올라오는 동영상을 시청하면 부지불식간에 죽어나가는 게 다반사다.

듣도 보도 못한 종류의 신종 몬스터도 들어갈수록 다양하게 등장했다. 그럼에도 유저들은 포기하지 못했다. 잃는 만큼 얻는 것도 많기 때문이다. 고가의 아이템과 재료, 곳곳에 숨겨진 던전 등, 제대로 발견만 한다면 인생역전을 가능케 만드는 것들이 널리고 널렸다.

실제로 시련등급 던전을 발견해 몇 달간 독식한 199레벨 유저가 억이 넘는 돈을 손에 쥐었다고 한다.

시련 급부터는 일정 확률로 레어 아이템을 떨구고 재생성도 몇 시간이면 끝난다. 혼자 던전 내부에 숨어서 꾸역꾸역 먹었다면 충분히 가능하다.

그밖에도 바위틈에 박힌 마정석이나 포가튼 사가의 시놉시스대로 원정을 떠났다가 못 돌아온 NPC들의 장비가 발견되기도 했다. 그렇기에 죽을 걸 알면서도 욕망에 눈이 멀어 포기하지 않았고 오늘도 유저들은 절망의 평원으로 들어간다.

얻을 게 절망뿐임을 잘 알면서……

*   *   *

"와! 이걸 어떻게 찾지?"

슈타이너는 높은 나무 꼭대기에 걸터앉아 숲으로 들어찬 세상을 보며 머리를 감싸 쥐었다. 리베로스는 분명 위치를 가르쳐 줬다. 그런데 그 위치란 게 애매해서 제대로 찾을 수가 없었다. 아무래도 호감도가 맹신에 오르지 못했기에 생겨난 오류 같았다.

콰아아앙!

허공에서 화염이 폭발하며 잿더미로 변한 몬스터가 떨어졌고 그 중심에서 바하무트가 나타났다.

"플레이포럼에 뭐 없어?"

"라미아가 지니는 습성이나 생활환경 정도가 전부예요."

"그거라도 보자."

바하무트가 슈타이너의 인터넷과 공유해서 그가 읽던 자료를 훑어봤다.

"이 지역에는 없겠다."

"대충 보니 축축한 습지를 선호하는 것 같은데 이 넓은 곳에서 어떻게 찾죠? 차라리 호감도를 더 올릴까요?"

창술의 대가를 완료하기 전에는 3차 전직 시험은 진행 중을 벗어나지 못한다. 그렇다면 리베로스와의 호감도를 맹신으로 만들고 정확한 위치를 알아낸 후에 다시 찾아오는 것도 나쁘지 않을 듯싶었다.

"형이 벨케루다인과 맹신 만들려고 얼마나 개고생을 했는지 보고도 몰라? 너 아직도 퀘스트 남아 있지?"

"다섯 개인가?"

"그거 하려면 적어도 두 달은 걸릴걸?"

호감도를 올리려면 상대 NPC가 내주는 퀘스트를 모두 수행해야 한다. 그러기 전에는 절대 올라가지 않는다.

"귀찮고, 짜증 나는 것이 대부분이라 너 하다가 화병 걸려."

"그럼 어쩌죠?"

"길잡이 구하자."

"길잡이요?"

길잡이는 원하는 곳까지 길을 찾아내 주는 이들을 말한다. 유저도 가능하고 NPC도 가능하다.

"될까요? 길잡이를 무시하는 게 아니라 그들도 익숙한 지역이나 안내해서 이곳은 잘 모를 텐데요."

둘은 절망의 평원 깊숙한 곳까지 들어온 상태였다.

출몰하는 몬스터가 죄다 시련에서 악몽으로 도배된 위험지역에서 헤매고 있었다. 몬스터 자체는 문제가 아니었다. 제자리에서 빙글빙글 돈다는 게 문제지.

"몇몇은 최소한의 정보만 가지고도 길을 찾는다더라."

"포럼에 공고 때릴까요?"

"응. 내가 올리라는 대로 올려."

슈타이너는 바하무트가 읊어주는 그대로 적다가 자신의 성격을 가미시켜 조금 바꿔 올렸다.

띠딩!

공고문이 등록됐습니다.

공고문이 등록됐다는 소리와 함께 플레이포럼에 새로운 글이 떠올랐다.

〈절망의 평원 라미아 군락 수색, 길잡이 모집〉

작성자 : 바하무트, 슈타이너.

안녕하세요. 포가튼 사가를 플레이하는 슈타이너입니다. 거두절미하고 본론만 말씀드리겠습니다. 제목에 나와 있는 대로 라미아 군락 수색입니다. 절망의 평원 깊숙한 곳에서 행해지는 만큼 보수는 하루에 50만 원이며, 성공 보수는 200만 원입니다. 길잡이 전용 게시판에 지역 탐색 스킬 제한 최상급으로 만들어서 아무나 댓글 다실 수는 없을 겁니다. 혹시라도 말씀드리지만 여러분이 생각하시는 폭룡왕과 황금의 학살자가 맞습니다. 장난질 치시면 지옥 끝까지 따라가서 게임 접게 만들어 드리겠습니다.

"살벌하게 올렸네?"

"안 그러면 장난질 심할걸요?"

"그렇긴 하겠다."

길잡이의 능력에 따라 다르지만 평균 하루 고용 비용은 20~30만 원이다. 정해졌다기보다는 평균이 그쯤을 왔다 갔다 했다. 둘이 내건 조건이면 한탕으로 레어 아이템 몇 개를 구매할 자금을 만들 수도 있었다. 잔챙이들은 협박을 통해 걸러내는 게 최고였다.

댓글이 달렸습니다.

"오! 올린 지 1분 만에!"

슈타이너가 기쁜 마음으로 댓글을 읽었다.

거짓말하고 있네. 거짓말쟁이가.

"이런! 쌍놈의 새끼가!"
지옥 끝까지 따라가서 죽인 대도 꼭 이런 놈들은 바퀴벌레처럼 증식했다.

> **댓글이 달렸습니다.**

저 길잡이 스킬 마스터임 보수 500만 어떰?

"아! 죽여 버려!"
바하무트의 용투기도 특급 7.3%다. 지역 탐색 스킬 마스터가 가당키나 한가?
"몇 시간은 두고 보자."
씩씩.
"저 사냥 좀 하고 올게요."
파팟!
슈타이너가 끓어오르는 분노를 못 참고 나무 밑으로 내려갔다.
꾸에에엑!
콰콰콰쾅!

그리고 곳곳에서 몬스터의 처절한 비명이 난무했다. 죄 없는 몬스터가 화풀이 대상이 된 것이다.

"장난글이 많네.

댓글이 달렸습니다.

"어?"
바하무트가 눈에 띄는 댓글을 발견하고는 곧바로 확인했다.

지역 탐색 스킬 고급 15.3%입니다. 저는 정보 분석관이라고 하고요. 어디로 가면 되죠?

"오! 정보 분석관!"
그는 플레이포럼 내에서 유명한 정보 분석관이며 유저들이 최악의 직업 중 하나라고 손꼽는 맵퍼였다.

맵퍼는 비전투 직업답게 육성 난이도가 피를 말린다고 소문이 자자했다. 바하무트의 용투사보다도 심하다고 했으니 생각만으로도 끔찍했다.

타타타탁!
바하무트는 그에게 절망의 평원에서 가장 가까운 도시로 오라는 비밀 댓글을 남겼다.

[슈타이너, 사냥하고 있어라. 구했다.]
[정말요?]

[너도 알지? 정보 분석관이라고.]

[아!]

정보 분석관은 그쪽 방면에서는 바하무트와 슈타이너만큼이나 유명했다. 어느 쪽이든 정상에 오르면 유명하게 마련이다.

[갔다 올게.]

바하무트가 슈타이너를 남겨둔 채 텔레포트 스크롤을 찢었다. 운이 좋다면 오늘이나 며칠 내로 라미아 서식처를 찾아낼지도 모른다.

*   *   *

"진짜일까?"

자신의 몸보다도 큰 가방을 등에 멘 사내.

그는 현실에서는 정보 분석관, 가상에서는 맵퍼 브레인으로 활동한다. 폭룡왕 바하무트와 황금의 학살자 슈타이너는 포가튼 사가의 유저라면 모르려야 모를 수가 없는 랭커들이다.

가상에서는 언제 마주칠지 모르기에 자제하는 편이지만 플레이포럼은 익명이 보장되기에 유명인들의 사칭이 심하다. 브레인은 마침 할 일도 없고 심심하기도 해서 속는 셈치고 와봤다.

일당 50만 원에 성공 보수 200만 원.

참으로 군침이 도는 보수였다.

요즘은 도통 일거리가 적어서 입에 풀칠이나 겨우 하며 살았다. 비슷한 직업 유저 게시판에 들어가면 한 달에 100만 원도 벌지 못한다는 하소연 글로 도배되기 일수였다. 그나마 브레인의 지역 탐색 스킬이 고급이 아니었다면 그 풀칠조차도 못했을 것이다.

"속은 건가? 안 오네? 하긴, 누가 일당 50만 원에 성공 보수 200만 원을 주겠어?"

어지간한 레어 아이템 한두 개를 구매할 정도의 금액이다. 웬만한 재력가가 아니고서는 기둥뿌리가 뽑히리라.

톡톡!

"혹시? 정보 분석관님?"

브레인은 자신의 어깨를 건드는 유저를 쳐다봤다. 은신의 로브를 쓰고 있어서 얼굴이 보이지 않았다.

스윽.

"어?"

"안녕하세요, 바하무트입니다."

"헉! 진짜였어!"

붉게 타오르는 머리카락과 눈동자는 동영상에서나 보던 폭룡왕 바하무트가 틀림없었다.

"대박! 대박이다!"

브레인이 흥분하며 대박을 연발했다. 등록된 글에 적혀 있던 일당과 보수가 현실로 나타나는 순간이다. 바하무트가 곤란하다는 표정을 지었다. 무엇이 그리 대박인지 그의 상식으로는 이해 불가였다.

"일단 자리를 옮겨서 자세한 이야기를 나눠보실까요?"

쳐다보는 시선이 많았다. 딱히 문제될 건 없어도 조용히 대화할 만할 여건은 아니었다.

"네? 네! 저는 브레인, 브레인이라고 부르시면 됩니다."

"가시죠, 브레인 님."

바하무트는 브레인을 데리고 유저들의 눈에 띄지 않는 한적한 곳으로 자리를 옮겼다.

*　　　*　　　*

고급 주점의 룸을 빌린 바하무트가 간단한 식사 종류를 시키고는 단도직입적으로 말했다.

"저는 3차 전직 유저입니다. 아시죠?"

"네! 당연합니다! 다모스 왕국 점령전! 크흐! 상대편 울티메이트 마스터와 싸우던 그 모습을 모르는 유저는 없습니다."

"졌는데……."

"용족 페널티를 고스란히 껴안고 싸우셨잖아요! 본체로 현신하셨으면 질 리가 있겠습니까?"

바하무트가 멋쩍은 웃음을 지었다. 맞는 말이기는 하다. 본체였다면 어렵지 않게 이겼을 것이다.

"게시판에 올린 글대로 절망의 평원 라미아 군락 수색입니다. 상당히 깊숙한 지역까지 들어가겠지만, 저와 슈타이너가 브레인님을 보호해 드릴 테니 걱정하지 않으셔도 됩니다."

"내가 오대금지구역을 들어가 보다니……."

"들어가신 적이 없으신지? 맵퍼가 흔한 직업도 아니고 지역 탐색 스킬도 고급이라고 하지 않으셨나요?"

"그런 뜻이 아닙니다. 들어가긴 했는데 고작해야 초입 부근 아니면 죽어서 나왔습니다."

"아하! 죽는 건 걱정하지 마세요. 지역 난이도가 높아지면 저와 슈타이너가 현신할 겁니다. 절망 등급 몬스터가 나타나 도 보호해 드릴 수 있습니다. 그리고 혹여나 죽는다면 충분히 보상해 드리겠습니다."

"오오!"

브레인은 흥분됐다. 그는 현실에서 여행사 직원이었다가 포 가튼 사가의 벌이가 현실을 뛰어넘어 전업했다. 맵퍼도 적성 에 맞게 고른 직업이다. 그에게 여행은 삶이며 행복이다. 절망 의 평원 중심부에 들어간다면 욕구도 충족하고 스킬 숙련도 도 대폭 증가할 것이다.

"저기 실례되지 않는다면 수색을 하면서 2차 전직을 치러도 될까요?"

"2차 전직이요?"

"네! 제가 199레벨인데 도저히 2차 전직을 할 수가 없어서요. 아니, 대체 이걸 깨라고 만든 시험인가요? 바하무트 님은 3차 전직을 어떻게 하신 건지 대단하기만 합니다."

브레인의 2차 전직 퀘스트는 그의 레벨대로는 들어갈 수 없는 지역을 수색하며 지도 제작 스킬을 고급까지 올리면 된다. 지도 제작 스킬은 지역 탐사 스킬과는 다른 그의 주력 스킬이다. 워낙에 올리기가 어려워서 보조 스킬보다도 숙련도가 낮았다.

"그러죠. 수색하면서 약간 늦어지는 정도는 이해해 드리겠습니다."

"오오! 감사합니다!"

브레인이 2차 전직을 한다고 대륙십강이 대륙십일강이 되는 건 아니다. 그럼에도 그는 기뻐했다. 한다는 자체만으로도 타인들보다 한발 먼저 나아갈 수 있었으니까.

*　　*　　*

브레인과의 상의를 끝낸 바하무트는 그를 데리고 슈타이너를 두고 온 지역으로 이동했다. 금지구역을 포함한 모든 사냥터는 나갈 때는 텔레포트 스크롤을 사용할 수 있지만 들어갈 때는 뚫는 수밖에 없었다.

게임이라고 해서 스크롤 1장으로 이곳저곳을 오고 간다면 재미와 난이도가 반감될 것이다.

'이곳이 절망의 평원……'

지도 제작에 한창인 브레인.

그는 바하무트의 옆에 거머리처럼 붙어서 떨어지지 않았다. 그가 199레벨이라도 비전투 직업이라 전투 능력이 타 직업들과 비교하면 현저하게 떨어졌다.

지금만 해도 제작하는 내내 몬스터의 습격이 이어졌다. 그러나 바하무트의 몸에서 불꽃이 타오르면 덤비기가 무섭게 검은 재로 화해 바람에 흩날렸다.

"잘 오르십니까?"

"감사합니다. 정말! 보수 안 받아도 되니 언제든지 말해주세요!"

브레인의 지도 제작 스킬이 눈에 띄게 오르는 중이다. 이 상황에서 보수는 중요하지 않았다. 2차 전직을 하느냐 마느냐의 기로에서 고작 몇 백만 원 따위는 안 받아도 그만이다.

"아닙니다. 브레인님의 스킬이 오르시면 저희에게도 유용하니 괜찮습니다."

지도 제작과 지역 탐색은 떼려야 뗄 수 없는 찰떡궁합 스킬이다.

먼저 지도 제작으로 그 주변 일대의 지형지물과 출몰하는 몬스터를 표시한다.

그리되면 한 번 왔다 간 곳을 헛걸음할 필요가 사라진다. 지역 탐색은 유저가 원하는 지역의 정보와 몬스터의 습성을 공식화시켜 적용하면 지도 제작과 합쳐져 결론을 도출해 낸다. 브레인은 지역 탐색은 고급이지만 지도 제작은 최상급이었기에 균형이 어긋나서 제대로 된 능력을 발휘하지 못했다.

퍼어어엉!

바하무트의 귓가로 공기 터지는 소리가 들려왔다. 소닉 붐이 일으키는 현상이다.

"다 왔습니다."

'저분이 황금의 학살자?'

찰랑거리는 황금색 머리카락.

브레인이 숲 중앙에서 수십 마리의 시련등급 몬스터에게 둘러싸여 공격당하는 슈타이너를 보며 넋을 잃었다.

"슈타이너, 장난치지 말고 끝내."

"네!"

소닉 붐(sonic boom) : 전반 이식.
분영(分影) : 그림자 나누기.

퍼퍼퍼펑!

수십, 수백 번의 찌르기가 연속으로 펼쳐지며 몬스터들을 몰아냈다. 일격에 머리가 터지고 몸통이 꿰뚫렸다.

'저게 말이 돼?'

평온이나 분노라면 이해하겠다. 무려 시련등급 몬스터 수십 마리를 일격에 몰살시켰다. 동영상에서만 보던 대륙십강의 전투를 실제로 보자 전율이 일었다.

"정보 분석관 님?"

슈타이너가 떨어진 아이템을 주우면서 브레인에게 말을 걸었다.

"정보 분석관은 포럼에서만 사용하고요. 포가튼에서는 브레인이라고 부르시면 됩니다."

"난 정보 분석관이 입에 쫙 감기고 좋은데……."

"슈타이너."

바하무트의 질책 어린 말투에 슈타이너가 웃어넘겼다.

"농담이에요, 농담! 반갑습니다, 브레인 님. 슈타이너라고 합니다."

"바, 반갑습니다!"

슈타이너가 당당한 자세로 악수를 청하자 브레인이 소심한 자세로 악수를 받았다. 둘은 마주친 적이 없는 초면이다. 똑같은 사람이고 유저였다. 바하무트는 그 모습을 보며 포가튼 사가가 가상임에도 현실에서 얼마나 대단한 위치를 점했는지를 다시 한 번 실감했다.

'장비들 봐라… 전부 유니크잖아?'

브레인은 바하무트와 슈타이너를 볼 때마다 저절로 기가 죽었다.

장착하고 있는 장비가 하나같이 유니크였다. 개당 몇 천만 원짜리를 온몸에 도배하고 다녔다.

'다모스 왕국 점령전 공적 보상 1위가 후작 작위와 히어로 아이템이었나? 허… 울티메이트 마스터와 그랜드 마스터들이 떨어뜨린 아이템까지 합하면 강남의 빌딩도 사겠네.'

실제로 그 정도까지는 아니었지만 노른자위 5~6층 건물을 통째로 구매할 만큼은 벌었다.

"브레인 님?"

"아, 네! 죄송합니다. 시작할까요?"

"그래주시면 감사하죠."

촤르르륵!

브레인이 등에 메고 있던 커다란 가방에서 여러 아이템을 꺼냈다. 대부분이 매직이고 레어의 비중은 적었다. 바하무트와 슈타이너가 비정상인 거다. 대체로 서민들은 매직이나 겨우 맞췄고 브레인쯤 되는 중산층은 되어야 간간이 레어를 들고 다닌다.

"라미아 군락 수색이라고 하셨죠?"

"족장을 잡아야 합니다."

"조, 족장이요?"

족장을 잡는다는 말에 브레인이 말을 더듬었다. 게시글에는 수색을 한다고만 적혀 있었다.

"족장 잡는다고 안 적었다."

"그러네."

깜빡했다는 슈타이너의 말에 바하무트가 동의했다. 그러고 보니 가장 중요한 내용을 적지 않았다.

"상관없지 않아요? 군락만 발견하면 저희가 잡을 텐데?"

"브레인 님, 괜찮으신가요?"

바하무트가 뒤늦게 브레인의 의견을 물어봤다. 혹시라도 거절하면 곤란한 일이 발생한다.

"괜찮습니다. 저야 떨어져서 구경만 하면 되는 걸요."

다행히도 브레인은 말만 더듬었을 뿐, 곧장 작업에 착수했다.

'라미아는 부족 단위로 살아가는 몬스터다. 절망의 평원 정도라면 규모가 어마어마할 터.'

플레이포럼에서 정보 분석관으로 활동하며 맵퍼에 도움이 될 만한 정보라면 가리지 않고 습득했다.

얼마 전 헬렌비아 제국에서 라미아 군락을 발견하여 토벌에 들어갔다.

족장 1마리와 2만 마리의 라미아.

꽤 큰 숲을 집어삼키고 종족을 번식시키는 중이랬다.

'이곳은 절망의 평원이다. 몇 배가 넘는 숫자가 상주할 수도 있어.'

정보를 다룬다면 항상 최악의 경우를 염두에 둬야 한다. 최상은 밑으로 떨어지지만 최악은 떨어지지 않는다.

"어디 보자."

브레인이 지금까지 정성스럽게 제작한 지도를 펼쳤다. 그리고는 라미아의 습성과 살 만한 환경을 조사하면서 지역 탐색 스킬을 쉬지 않고 운용했다.

"지도 제작 숙련도가 낮아서 반경 300미터가 한계예요."

'좁네.'

바하무트가 생각하던 범위에는 못 미쳤다. 절망의 평원의 크기는 시놉시스 상 러시아의 반절에 해당한다. 반경 300미터는 하나 마나였다.

"지도 제작이 고급에 오르시면 많이 늘어나나요?"

"물론입니다. 지역 탐색이 고급이라서 지도 제작만 고급에 오르면 반경 500미터로 넓어지고 제가 2차 전직을 한다면 2배가 됩니다."

"2차 전직이면 킬로미터 단위가 되겠군요."

킬로미터 범위라면 한결 편한 수색 환경이 만들어질 것이다.

"슈타이너, 기한을 넓게 잡자."

"넓게요? 너무 넓게는 안 되는데……."

"응?"

"아니에요."

브레인이 없었다면 이 넓은 절망의 평원을 이 잡듯이 뒤졌어야 했다. 마음을 급하게 먹어봐야 도움 될 게 없으니 속을 비우는 게 나았다.

"정확히 얼마나 더 올리면 2차 전직 조건이 충족되시나요?"

"3.2%를 올리면 됩니다."

"헉! 보름은 걸리겠다."

슈타이너가 용족 패시브 스킬의 평균 숙련 시간을 계산하더니 말했다. 그러자 브레인이 부정했다.

"아닙니다. 비전투 직업의 스킬은 평소에 사용할 수 없다는 제한 때문에 조건이 충족되면 숙련의 증가 폭이 전투 직업의 2배 정도 됩니다. 절망의 평원은 미개척지인데다 제 레벨로는 꿈도 못 꿀 지역입니다."

맵퍼가 여러 명이면 지도 스킬 경험치가 분배되겠지만 그

혼자이기에 몰아 먹는다. 길어도 5~6일, 짧으면 3~4일이면 스킬 등급이 고급으로 오른 다음 2차 전직을 하게 될 것이다.

"생각보다 짧네… 음, 그럼……."

바하무트는 슈타이너가 자신의 눈치를 살피자 왜 그러는지 알겠다는 듯 정곡을 찔렀다.

"아까부터 이상했어. 너 돈 필요하지?"

"네……."

슈타이너는 최근 골든 하우스로 이사를 갔다. 그런데 그 가격이 구역질나도록 비쌌기에 포가튼 사가를 하면서 모았던 모든 돈을 투자했다.

빚을 내고 구매하지는 않았다. 당장 여유 있게 쓸 돈이 부족하다는 게 발목을 잡았을 뿐이지.

"브레인 님, 혹시 지도 제작과 지역 탐색 스킬로 좌절 몬스터도 찾을 수 있나요?"

"가능합니다."

지도 제작과 지역 탐색을 운용하면 안전한 지역과 위험한 지역이 지도에 표시된다. 그중 위험한 지역만 골라 다니다 보면 하나쯤은 걸릴 것이다.

"미안해하지 마라. 어차피 수색하다가 몬스터 발견하면 그냥 보낼 것도 아니고."

바하무트가 손가락만 꼼지락대는 슈타이너를 보며 말했다.

"수색이 주가 되어야 하는데 몬스터 사냥이 주가 되는 게 죄송해서요. 가뜩이나 3차 전직도 도와주는 거잖아요."

"됐어. 남이냐? 누가 보면 대신 죽어달라는 줄 알겠다."

둘 사이에서 이쯤은 부탁도 아니었다. 그냥 스킬 한 방 날려 주면 될 것을 무엇이 저리 미안할까?

"브레인 님, 예정에 없던 일이지만 끝까지 도와주신다면 사례는 톡톡히 하겠습니다."

"요즘 같은 불경기에 저를 굴려주신다니, 오히려 제가 감사합니다."

"자, 다시 가도록 하죠."

브레인이 움직이자 그 뒤를 바하무트와 슈타이너가 따라 붙었다. 수색에서 몬스터 사냥으로 바뀌긴 했어도 어차피 거기서 거기였다.

뒤지다 보면 결국에는 나오게 마련 아니겠는가?

＊　　　＊　　　＊

쿠아아앙!

"나는 꿈을 꾸고 있는 거야."

브레인은 상공에서 벌어지는 공중전을 바라보며 뭐가 유저고 몬스터인지 혼란스럽기만 했다. 백악기 시대의 익룡을 닮은 거대한 블랙 와이번 수백 마리와 본체로 변한 슈타이너가 맞붙고 있었다.

270레벨 검은 날개의 지배자.

절망의 평원에는 수많은 협곡이 존재한다. 검은 날개의 지배자는 그중 한 곳을 다스리는 블랙 와이번의 수장이다.

"저 녀석 밀리네."

"이, 이겼어야 정상이란 말인가요?"

"그건 아닙니다. 검둥이 1마리면 몰라도 떼로 달려들면 슈타이너라도 무리죠."

바하무트는 검게 물든 하늘에서 유일하게 보이는 황금빛 점을 보며 안 되겠다는 듯 용투기를 전개했다.

"잠시만 기다려 주세요. 금방 처리하고 오겠습니다."

콰앙!

은신의 망토가 벗겨지며 붉은 한 쌍의 날개가 펼쳐졌다. 순식간에 슈타이너의 옆으로 날아오른 바하무트가 말했다.

"내려가라. 한 번에 쓸어버리게."

"헉헉! 네… 헉헉!"

슈아아앙!

슈타이너가 밑으로 내려갔다. 너무나도 지쳤기에 날개가 풀려 떨어진다는 표현이 적절할 정도였다.

폭화 언령술 : 사 조합 스킬.

뜨거울 염(炎), 더울 열(熱), 땅 지(地), 옥 옥(獄).

염열지옥(炎熱地獄) : 뜨겁고 더운 지옥.

푸아아악!

수천 도의 열기가 그의 주변에 몰려 있던 블랙 와이번 무리

를 한꺼번에 집어삼켰다. 슈타이너에게 받은 데미지가 누적됐
는지 얼마 버티지 못했다.

키에에엑!

그나마 검은 날개의 지배자는 270레벨 값은 하는지 비명이
라도 지르고 죽었다. 다른 녀석들은 그조차도 못 지르고 사라
졌다.

우수수수!

"어어어어?!"

하늘에서 아이템이 비처럼 쏟아졌다. 브레인은 생전 처음
보는 광경에 입만 삐끔거렸다.

"브레인 님, 줍죠!"

"네? 네!"

어느새 인간으로 돌아온 슈타이너가 협곡 이곳저곳을 돌아
다니며 아이템을 회수했다. 지형 때문인지 브레인이 주울 수
없는 곳도 있었기에 그런 곳은 슈타이너가 날아가서 주웠다.

"오기 부리긴."

바하무트가 슈타이너의 옆으로 다가오며 그를 나무랐다.

"하하! 될 줄 알았어요."

브레인이 블랙 와이번 둥지를 발견했을 때 바하무트가 빠르
게 처리하려고 했다. 그러나 슈타이너가 자신이 한 번 쓸어보
겠다며 본체로 현신하더니 당당하게 달려들었다.

"앞으로 무리하지 말고. 아이템은 어때? 괜찮아?"

"좌절답게 유니크를 줬지요!"

슈타이너가 파티 공유로 아이템 옵션을 띄웠다.

[교활한 지배자의 검은 단검 : 유니크]

  설명 : 절망의 평원, 작은 협곡의 블랙 와이번 무리를 이끌던 교활한 지배자의 이빨을 가공해서 만든 단검.

  제한 : 1차 전직 이상, **종류** : 단검, **내구도** : 400/400.

  공격력 950~1200, 근력 +50, 체력 +50, 민첩 +100, 지능 +100, 독속성 강화 +50, 독속성 저항 +50.

  특수 옵션 : 크리티컬 데미지 30%, 확률 30% 증가.

"현기증이……."

브레인은 플레이포럼에서 스크린 샷으로만 보던 유니크 아이템을 직접 보자 머리가 어지러웠다.

PK를 즐기는 암살자 계열에게 최적화된 옵션.

암살자 계열은 생명력과 일반 공격력이 굉장히 낮고 약함에도 크리티컬 데미지와 확률이 다른 직업보다 훨씬 높았다. 직업군에 기본적으로 부여되는 능력치와 교활한 지배자의 검은 단검 능력치를 합하면 레어 정도로 도배하지 않고서야 동 레벨의 경우 원킬이 날 것이다.

"2,500만 원 정도 하겠는데?"

"오예!"

바하무트가 대충 훑어보더니 견적을 냈다. 슈타이너가 환호성을 내지르며 그에게 거래를 걸었다. 거래창이 띄워지며 1,250만 원과 아이템이 각자 다른 주인의 인벤토리로 옮겨갔다.

'무슨 짓이지?'

브레인이 둘의 행동을 이해하지 못하자 슈타이너가 거래를 끝내고 궁금증을 풀어줬다.

"형은 특이한 아이템을 모으는 취미를 가지고 있어요."

"일종의 아이템 컬렉션인가요?"

브레인은 플레이포럼과 포가튼 사가를 즐기면서 가끔가다 바하무트와 비슷한 취미를 지닌 유저들을 봤다.

그런데 그런 유저들에게는 하나의 공통점이 존재한다. 바로 돈이 많다는 점이다. 장비 맞추기에도 빠듯한데 컬렉션이라니, 여유가 있지 않고서야 할 만한 짓이 아니었다.

"시세는 어떻게 정하세요?"

유니크의 가격은 1,000~4,000만 원 대까지 다양하다. 수량이 한정됐기에 상인에게 아이템 감정 의뢰를 맡겨야 손해 없이 판매할 수 있다.

바하무트는 아이템을 보자마자 가격을 말했다. 그리고 슈타이너는 군말 않고 따랐다. 정상적인 모습이라 보기에는 어려웠다.

"형보다 유니크 시세 잘 아는 사람 없을걸요?"

자랑을 안 해서지 포가튼 사가 최초로 좌절 급 몬스터를 잡아 유니크 아이템을 획득해서 착용한 유저는 바하무트다. 보유하고 있는 종류도 수십 개를 넘어섰다. 심심할 때마다 컬렉션을 보며 다른 아이템들과 비교하다 보니 눈썰미라는 게 생겨 버렸다.

"말보다는 보는 게 좋겠네요. 형, 컬렉션 방출 좀 해봐요."

"그럴까?"

바하무트도 은근 자랑하고 싶었는지 아공간에 보관하던 아이템을 파티창에 한꺼번에 띄웠다.

"가장 밑에서부터 레어 순으로 올라오시면 됩니다."

브레인은 눈앞에 펼쳐진 아이템의 파도에 정신이 휩쓸렸다. 레어로도 기가 죽었다. 하나같이 구하기 어려운 것들뿐이다.

"으… 레어, 유, 유니크가……."

레어의 위로는 손가락, 발가락, 이빨 숫자까지 합쳐야 될 만큼의 유니크가 차곡차곡 정리되어 있었다. 대검, 방패, 단검, 활, 갑옷, 스킬 북 등등, 하나라도 경매장에 풀린다면 플레이포럼에 도배될 정도였다. 그래도 면역이란 놈 덕분에 시간이 지나자 차분하게 살펴볼 여유를 갖게 됐다.

그러나 찰나에 불과했다. 브레인은 최상단에 링크된 아이템을 보고는 기절할 뻔한 것을 가까스로 참아냈다.

[냉혈의 아즈란 : 히어로]

설명 : 멀고 먼 옛날, 용마전쟁에서 마족 대공 카르볼에게 숨을 거둔 삼십육 용장군 서열 2위 에인션트 화이트 드래곤 냉룡마장 아즈란의 영혼이 담긴 보옥.

제한 : 1차 전직 이상, **종류** : 보옥, **내구도** : 800/800.

공격력 4,000~6,500, 근력 +50, 체력 +50, 민첩 +50, 지능 +500, 마법 증폭 +50%, 마력 소모 −50%.

빙속성 강화 +100, 빙속성 저항 +100.

특수 옵션

1. 냉룡의 얼음 공간 : 반경 수백 미터를 얼음 공간으로 만들어서 저항하지 못하는 적들을 빙결 상태에 빠지게 한다. 빙결 상태에 빠진 적들은 시전자의 마력에 비례하여 얼음 공간이 해제되기 전까지 움직일 수 없다.

2. 냉룡마장 아즈란의 강림 : 한 달에 단 한 번, 399레벨 냉혈의 아즈란을 30분간 소환한다.

'나도 처음에 봤을 때는 놀랐지.'

바하무트는 혼이 나간 브레인이 어떠한 심정일지를 짐작했다. 냉혈의 아즈란은 다모스 왕국 점령전의 공적 보상으로 받은 히어로 아이템이다.

루펠린 왕궁보고에 있던 게 아니라 전쟁에서 패한 다모스 왕궁보고에 잠자던 것을 국왕이 자국의 보고로 가져왔다.

공적 보상은 본인이 원하는 걸 고르게 해준다. 바하무트에게 필요한 아이템은 없었으나 잃어버린 용족의 유산을 찾을 줄을 몰랐었다.

냉룡마장 아즈란은 용마전쟁에서 마족 대공 카르볼의 손에 숨을 거뒀다. 현재는 그의 후손이 자리를 대신하고 있다. 잃어버린 용족의 유산은 용족 유저 전체에게 내려지는 일종의 강제 퀘스트다. 불이익 같은 것은 없고, 찾으면 찾는 대로 보상이 주어진다.

"히어로, 히어로……."

브레인은 혼이 나간 듯이 중얼댔다. 동급의 아이템에도 등급이 매겨진다. 슈타이너가 지닌 독사왕의 이빨과 타이탄의 권능은 하급에서 중급이다.

냉혈의 아즈란은 히어로 중에서는 최상급.

그 이상을 넘어서면 레전드와 갓밖에 남지 않는다.

띠딩!

바하무트가 링크된 아이템 목록을 내려놨다. 그런데도 브레인의 눈은 몽롱했다.

"브레인 님, 이제 다시 가셔야죠."

"아, 알겠습니다."

바하무트와 슈타이너가 정리를 끝내고야 브레인이 정신을 차렸다. 아이템은 아이템이고 수색은 수색이다.

고용됐으니 할 일은 해야 했다.

띵딩!

> 지도 제작 스킬이 고급에 오르셨습니다.

> 2차 전직 퀘스트의 마지막 조건을 완료하셨습니다.

"으아! 완료다!"

브레인이 두 주먹을 불끈 쥐고 쾌재를 불렀다. 바하무트 일행을 만난 건 일생일대의 행운이었다. 그들 덕분에 대륙십강의 뒤를 이어 2차 전직 유저가 될 발판이 마련됐다. 당장 돌아가서 담당 NPC에게 말을 걸면 200레벨이 되는 동시에 지금까지와는 비교조차 안 되는 능력을 갖출 것이다.

"헬렌비아 제국이라고 하셨죠?"

"네! 돈이야 좀 들겠지만 텔레포트로 이동하면 몇 시간 내로 저도 2차 전직을……."

"완료하시고 저희가 처음 만났던 곳으로 오세요. 제가 마중 나가겠습니다."

절망의 평원을 수색하면서 점점 깊은 곳으로 들어갔다. 슈타이너의 실력으로도 며칠을 버티지 못할 정도의 난이도를 자랑했다. 브레인이 2차 전직을 한다고 해서 마음대로 오고 갈 수준을 벗어났다. 바하무트가 없었다면 이 파티는 예전에 전멸했을 것이다.

"조금만 기다려 주세요. 금방 다녀오겠습니다."

파아아앗!

브레인이 텔레포트 스크롤을 찢자 그의 모습이 절망의 평원에서 사라졌다. 이곳에서 헬렌비아 제국까지 가려면 만만치 않은 경비가 소모된다.

워프 포탈은 대륙 어느 곳이든 편하게 이동할 여건을 제공한다. 그러나 서민 유저들은 불편해도 도보나 공용 이동 마차를 선호했다.

왜 그렇겠는가?

비쌌기 때문이다. 가까운 지역은 수십에서 수백 골드로 끝나지만 먼 지역은 수천 골드가 날아간다. 100골드가 현금으로 1만 원이니 수천 골드면 수십만 원이다. 그야말로 배보다 배꼽이 더 큰 가격에 너도나도 이용을 꺼렸다.

"그거면 만족하지?"

바하무트가 슈타이너를 보며 말했다.

"당연하죠! 이거면 생활비 걱정은 없겠어요."

브레인의 도움으로 절망의 평원을 뒤진 결과 유니크 4개를 먹었다. 레어는 숫자 세는 것을 포기했다. 큰 도움을 받았기에 브레인에게 레어 몇 개를 챙겨줬더니 어찌나 좋아하던지 주는 둘이 민망할 정도였다.

"이제 본격적으로 찾을 시간인가?"

지금까지는 수색보다는 몬스터 사냥에 중점을 뒀다면 이제부터는 말 그대로 라미아 군락의 본격적인 수색이다. 브레인의 스킬 능력이 대폭 증가하면 박차가 가해질 것이다.

"너 혹시나 해서 말하는데 3차 전직해도 타마라스 죽일 생각은 마라."

"그 새끼를 가만두라고요? 싫어요. 하자마자 아반트 공국 지도상에서 없애 버릴 거예요."

슈타이너는 3차 전직을 하는 즉시 아반트 공국으로 날아가 모조리 죽일 생각이었다.

"루펠린의 귀족이 아반트 공국을 치면 바로 전쟁이다. 그리고 공왕을 공격하는 일이기에 퀘스트가 생성될 거야. 너를 죽이려고 유저들이 벌 떼처럼 몰려들겠지? 본체로 현신해도 너만 손해야."

한순간의 실수로 용신 이카루트에 의해 계정을 정지당하고 대륙에 쌓아놓은 모든 업적이 날아간다.

"어차피 전쟁은 일어나니까, 조금만 더 참아."

"아오!"

슈타이너는 다혈질이다. 생각보다 행동이 먼저 나간다. 그를 항상 옆에서 조율해 주고 이해해 주는 존재가 바하무트였다.

"자자! 3차 전직부터 끝내자."

바하무트는 장담했다. 타마라스를 먼저 건들지 않아도 먼저 움직이리란 것을 말이다. 그러니 그때까지 천천히 힘을 기르면서 기다리면 된다.

*   *   *

헬렌비아 제국 종합 아카데미.

포가튼 사가의 아홉 국가는 각국마다 유저들의 직업과 그에 따른 스킬을 가르쳐 주는 아카데미가 존재한다. 그중 헬렌비아 제국 수도에 마련된 종합 아카데미는 가장 거대하고 많은 유저로 붐비는 곳이었다.

파팟!

아카데미 중앙에 마련된 워프 포탈에서 빠져나온 브레인은 자신을 전담하는 NPC를 찾아갔다. 용족 같은 경우에는 워낙에 유저 수가 적었기에 전직하면서 유저들과 얼굴을 맞대는 일이 드물다. 그러나 인간 유저는 하루에도 수천수만 명이 아카데미를 들락날락했다.

아카데미 내부에서 얻을 수 있는 직업만 수백 개다. 그만큼 마주치는 일이 잦았고 브레인의 담당 NPC도 여러 직업을 내줘서 항상 바빴다.

"너무 눈에 띄는데……."

수십 명의 유저가 담당 NPC를 둘러싸고 있었다. 저녁 시간이나 새벽에 들어오면 한적하겠지만 고용된 몸이라서 그건 어려웠다.

"다음!"

"오랜만에 뵙습니다, 교수님."

"브레인이 아닌가? 자네, 한창 바빠야 하지 않던가?"

"교수님이 내주신 과제를 모두 끝냈습니다."

담당 NPC는 브레인의 말을 듣는 동시에 날카로운 눈으로 그를 훑어봤다. 그러다가 놀랍다는 표정을 지었다.

"오오! 드디어! 축하하네! 자네는 사라져 가는 맵퍼의 뒤를 이을 자격을 갖추었어!"

브레인의 육체에서 새하얀 빛이 뿜어지며 여러 알림음이 그의 귀를 어지럽혔다.

2차 전직 퀘스트에 최종 합격하셨습니다.

모든 능력치가 2배로 증가합니다. +100의 능력치 포인트를 획득하셨습니다.

엑스퍼트 맵퍼에서 마스터 맵퍼로 승급하셨습니다.

지도 제작 스킬과 지역 탐색 스킬의 숙련도의 대폭 증가로 탐색 반경이 1.2킬로미터로 넓어집니다.

그 모습을 지켜보던 유저들이 입을 벌리며 한마디씩 했다.

"대박! 2차 전직이다!"

"야야! 동영상 찍어!"

"드디어 마의 벽이 뚫리나?"

유저들에게 2차 전직은 넘어서기 어려웠던 마의 벽으로 통했다.

199레벨에서 정체된 숫자가 얼마나 많았던가?

그 벽이 조금씩 허물어지고 있었다.

"이건 내가 자네에게 주는 선물일세. 부디 우리 맵퍼들의 앞날을 밝혀주게나."

"감사합니다."

철컥철컥!

브레인은 담당 NPC가 주는 맵퍼 전용 레어 아이템과 바하무트에게 받은 레어 아이템을 착용했다. 그러자 그의 겉모습이 순식간에 바뀌면서 한두 부위를 제외하고 올 레어 아이템으로 도배가 됐다.

"대박! 장비도 그냥 갈아치웠어!"

"저 사람 맵퍼라며? 맵퍼가 2차 전직이면 팔대길드에서 서로 데려가려고 안달이겠다."

"비전투 직업 최초의 2차 전직 유저? 하… 부럽다."

맵퍼는 길을 찾아주는 길잡이다. 팔대길드에서 그를 영입하면 여러 면에서 최고의 효율을 발휘할 수 있었다.

'아이고! 도망가자.'

브레인은 계속해서 몰려드는 유저들 사이를 도망치듯 빠져나갔다. 한시라도 빨리 바하무트에게 돌아가야 했다.

이 모든 공은 그에게서 비롯됐다.

'앞으로 재미있을 것 같다.'

200레벨에 올라서서 새로운 세상에 눈을 떴지만 마스터 맵 퍼로서의 여행은 이제부터가 시작이었다.

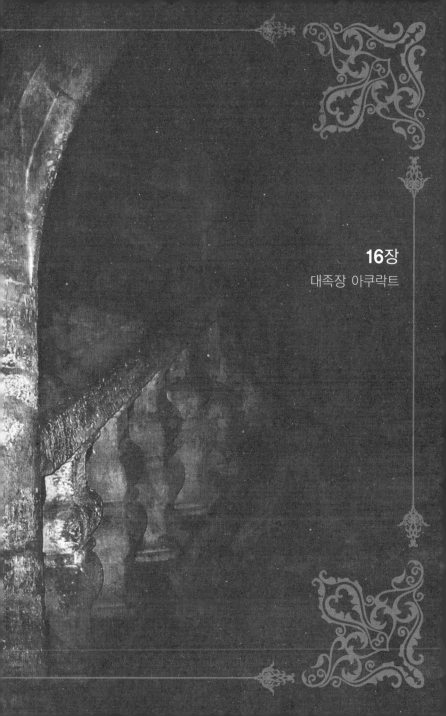

16장
대족장 아쿠락트

브레인이 마스터 맵퍼로 전직한 지 열흘째 되는 날.

절망의 평원을 이 잡듯이 뒤지던 바하무트 일행은 그토록 찾고 찾았던 라미아 군락을 발견했다. 미발견 지역이었기에 발견하자마자 알림창에 라미아 대족장 아쿠락트의 대군락이라고 떠올랐다.

"2개의 기둥 사이에서 흐르는 자연의 눈물."

슈타이너는 리베로스가 힌트라고 알려준 헛소리를 중얼거렸다.

라미아 군락의 양면은 거대한 산봉우리로 막혀 있었다. 그리고 그 가운데에서 어마어마한 크기의 폭포가 쏟아졌다.

"중앙의 지배자와 동서남북의 수호자가 그곳을 지키나니."

중앙의 건축물과 그를 중심으로 동서남북으로 뻗어 있는 흐릿한 건축물이 눈에 들어왔다. 굳이 확인하지 않아도 대족장과 네 마리의 라미아 족장이 저 대군락을 다스리고 있음이 뻔했다.

"저곳이 맞네요."

"어렵겠는데……."

바하무트는 이 상황을 냉철하게 계산했다. 최하계층인 라미아 전사만도 120레벨의 분노등급이었다. 계급을 타고 오를수록 레벨과 등급이 높아졌다.

대군락의 규모는 아마란스 후작령의 서너 배가량이다.

상주하는 라미아는 숫자는 18~22만.

브레인이 대군락 주변을 빙글빙글 돌며 지도 제작과 지역 탐사 스킬로 알아낸 정보였다.

"대족장의 레벨을 알아내는 게 급선무다."

강함의 정도를 확인해야 어찌 행동할지 계획을 세운다. 어차피 족장은 299레벨이 한계였다. 슈타이너와 브레인이 바하무트를 쳐다봤다. 3명뿐인 소수 파티라도 그가 리더였고 결정권자였다.

"저녁까지 기다려 보자."

바하무트는 여유를 갖기로 했다. 이미 대군락을 발견하고 족장을 잡는 일만 남았다. 잘못 움직여서 라미아족에게 경각심을 심어줬다간 그동안의 노력이 수포로 돌아간다.

"알겠어요."

"알겠습니다."

슈타이너와 브레인은 바하무트의 말을 군말 없이 따랐다. 중과부적의 상황이 온다면 이러니저러니 해도 그에게 부과되는 중압감이 가장 컸다.

"확인만 하자, 확인만."

대족장 아쿠락트.

라미아족을 지배하는 그 녀석의 레벨만 확인하면 된다.

*　　　*　　　*

절망의 평원의 저녁은 낮과는 또 다른 분위기를 연출한다.

낮의 풍경이 자연의 아름다움을 고스란히 간직했다면 저녁의 풍경은 죽은 자들의 왕국에 버금가는 음산함을 발산했다. 라미아 대군락 곳곳에 횃불이 밝혀졌다. 몬스터라서 그런지 낮보다도 움직임이 활발했다.

우웅!

바하무트가 용마안을 전개하자 그의 눈이 시뻘겋게 변하면서 먼 거리에 있는 대군락이 바로 앞에 있는 것처럼 보였다.

위대한 용족의 눈, 용마안.

상대방의 정신을 지배하는 이 스킬의 가장 기본 능력은 망원경처럼 시야를 확대해 주는 것이다.

'족장의 레벨은 예상대로 299로군.'

몇 시간 전에 서쪽의 건축물에서 족장이 나왔다.

서쪽의 수호자 라샨.

슈타이너 혼자서 상대하기에는 강했지만 아달델칸과 비교하면 80%의 기운이 느껴졌다. 그에 따라 어림짐작해 볼 때 동, 북, 남쪽의 족장들도 비슷비슷할 거라고 생각됐다.

"어?"

계속해서 대군락을 관찰하던 바하무트가 짧은 음성을 내뱉었다. 중앙에 지어진 성 같은 건축물에서 드디어 라미아족의 대족장이 모습을 드러냈다.

여성의 상체에 착용한 중갑과 비늘로 뒤덮인 뱀의 하체는 용족의 나가처럼 멋스럽다기보다는 징그럽다는 느낌이 다분했다.

중앙의 지배자 대족장 아쿠락트 370레벨.

레벨도 레벨이고 등 뒤에 메고 있는 4미터 길이의 언월도가 그 존재감을 과시했다.

"엄청나군."

바하무트보다 무려 50레벨이나 높았다. 본체로 현신해서 일대일로 붙어도 이길 자신이 없었다.

"나중에 와야겠다."

대족장 하나로도 대적불가였다. 족장과 잔챙이들에게 둘러싸이면 사망은 따 놓은 당상이다.

[슈타이너, 대족장 레벨 확인했다.]

[몇이에요?]

슈타이너는 지금 브레인과 함께 전투에 적합한 지형을 찾는 중이다. 그러나 이제는 쓸모없게 돼버렸다.

[370레벨이다. 나중에 형 레벨 올리고 다시 오자.]

[대박! 370레벨이요? 알겠어요.]

아쿠락트의 레벨을 들은 슈타이너가 순순히 포기했다. 솔직히 족장을 잡나 안 잡나 창술의 대가를 완료하지 않는 한 제자리걸음이다. 그렇기에 상대적으로 박탈감이 심하지 않았다.

[브레인 님, 도시로 오시면 정산해 드리겠습니다.]

[아이고, 끝까지 갔으면 좋았을 텐데…….]

바하무트의 말에 브레인이 아쉬워했다.

라미아 족장을 잡지는 못했어도 애당초 게시글에 적혀 있는 내용대로 수색에는 성공했다. 그 때문에 성공 보수를 챙길 수 있었다. 일당이야 바하무트가 하루에 한 번씩 꼬박꼬박 지급해 줬다.

[형, 도시에서 봐요.]

[기다리겠습니다, 바하무트 님.]

[자자! 동시에 가죠. 하나, 둘, 셋!]

바하무트가 텔레포트 스크롤을 들고 카운트를 셌다. 그에 슈타이너와 브레인이 셋이 되는 순간 동시에 스크롤을 찢었다.

그리고 그건 정말 치명적인 실수였다.

> 라미아족 대주술사 카린이 대군락 주변에 설치한 광역 디스펠에 걸려 텔레포트 스크롤이 제 기능을 못 합니다.

라미아족에게 위치가 발각됐습니다.

　서로 보이지는 않아도 바하무트 일행은 알림음을 들으면서
잠시 멍을 때렸다. 이건 꿈이다. 현실이 아니다.

　[끄아아악! 말도 안 돼!]

　슈타이너가 음성 창에서 비명을 내질렀다.

　[하하… 몰려오네요.]

　브레인도 어이가 없는지 파티 공용 창에 지역 탐사 스킬에
표시되는 라미아족의 움직임을 띄웠다. 거리가 제법 떨어져
있었는데 광역 디스펠이 생각보다 광범위하게 걸려 있었던 것
같았다.

　우우우우!

　대족장 아쿠락트가 울부짖자 라미아족이 그들이 숨은 지역
을 포위해 들어왔다. 이대로라면 난장판이 될 것이다.

　[슈타이너, 형이 시간을 벌 동안 도망쳐라.]

　[그럴 수는 없어요!]

　[브레인 님 죽일 생각이냐?]

　[아…….]

　평소처럼 둘만 있던 파티가 아니었다. 슈타이너가 도망치지
않고 버티면 애꿎은 브레인만 죽는다.

　[저는 괜찮습니다! 얻는 게 너무 많아서 죽어도 상관없어요!]

　[아닙니다. 슈타이너, 빨리 브레인 님 모시고 안 튈래? 그래야

형도 조금만 막다가 튀지!]

[아오! 알겠어요. 형 죽으면 안 돼요!]

바하무트는 정확히 320레벨이다. 죽으면 1%가 깎여서 317레벨이 된다. 스킬 숙련도까지 하락하기에 그 피해를 말로 설명할 수가 없었다.

[오케이!]

[브레인 님, 저 꽉 잡으세요!]

슈타이너가 현신하며 먼 곳에서 황금빛이 번쩍였다.

그러더니 그의 기운이 급속도로 멀어졌다. 파티창에서도 파티원이 지역을 이탈했다고 알려줬다.

파아아앙!

바하무트가 상공으로 떠올라서 슈타이너의 뒤를 따라갔다. 양쪽으로 나누어진 라미아족의 병력이 한쪽으로 몰려들었다.

"현신."

푸화아악!

뜨거운 화염이 그를 감싸며 바하무트가 본체로 돌아갔다. 압도적인 고룡의 위용에 라미아족이 추격을 멈췄다.

콰앙!

상공에 있던 바하무트가 바닥으로 떨어졌다. 그에게서 뿜어지는 화염에 주변에 존재하는 모든 사물이 녹아내렸다.

"더는 못 가."

폭화 언령술 : 사 조합 스킬.

일천 천(千), 터질 폭(爆), 불화(火), 구슬 주(珠).
천폭화주(千爆火珠) : 터지는 천 개의 불꽃 구슬.

콰콰콰콰콰쾅!

라미아족의 사이사이로 들어간 천폭화주가 터지면서 반경 수백 미터가 불타올랐다. 아무래도 지형이 나무와 수풀로 우거진 수림이다 보니 효과가 더욱더 커졌다.

키아아아!

카르르르!

"시끄러워."

폭화 언령술 : 삼 조합 스킬.
터질 폭(爆), 뜨거울 염(炎), 바람 풍(風).
폭염풍(爆炎風) : 폭발하는 뜨거운 바람.

화염을 머금은 폭풍이 생성되며 라미아족을 집어삼켰다. 곳곳에서 비명과 고기 익는 냄새가 진동했다.

> 당신과 파티원 슈타이너와 브레인의 거리가 1킬로미터로 벌어졌습니다.

"좋아. 나도 벗어나자."

텔레포트 스크롤에는 재사용 시간이 붙어 있어서 쓰려면 시간이 지나야 한다. 10킬로미터의 거리 차이라면 그 시간 정도는 충분히 벌어줄 수 있었다.

"마지막 한 방!"

폭화 언령술 : 사 조합 스킬.
큰 대(大), 뜨거울 염(炎), 임금 왕(王), 주먹 권(拳).
대염왕권(大炎王拳) : 거대한 염왕의 주먹.

바하무트의 주먹이 부풀더니 거대한 화염의 결정체가 대기를 태우면서 날아갔다. 라미아족이 기겁하며 도망치려 했지만 때는 늦었다.

쩌어어엉!

어디선가 날아온 새하얀 기운이 대염왕권을 가르고는 바하무트를 향해 일직선상으로 쇄도했다.

"이런!"

바하무트가 용투기를 전력으로 전개했다. 대염왕권을 쓴 직후라서 피할 시간이 모자랐다. 신체 능력이 강화되며 가뜩이나 붉은 용투기가 유형화되더니 그를 감쌌다.

콰아아앙!

용투기와 새하얀 기운이 충돌하며 발생한 빛이 라미아족의 눈을 멀게 만들었다.

"망할."

바하무트가 욕지거리를 내뱉고는 전방에서 미끄러지듯이 다가오는 존재를 쳐다봤다.

"용족의 고룡께서 이 누추한 곳에는 웬일이신가?"

대족장 아쿠락트가 언월도를 빼 든 채로 비아냥거렸다.

"그냥, 겸사겸사."

"고룡에 든 지 얼마 되지 않았군."

아쿠락트가 바하무트를 훑어보더니 확신한다는 말투로 말했다. 바하무트는 몬스터에게 무시받는다는 느낌에 기분이 나빠졌다.

"그래도 너는 이길 것 같은데?"

바하무트나 슈타이너나 자존심 빼면 시체다. 상대가 저리 나온다면 똑같이 갚아줘야 속이 풀린다.

"장담하나?"

"장담해."

"하하하하! 좋아. 기회를 주지."

"뭔 기회?"

채앵!

아쿠락트가 언월도의 끝을 쥐고서는 바하무트에게 겨눴다.

"나를 이기면 너와 동료들을 무사히 보내주지."

라미아족은 절망의 평원에서 수천, 수만 년을 살면서 광역 디스펠을 포함한 결계를 수십 킬로미터 반경까지 펼쳐 놨다. 슈타이너와 브레인은 먼저 도망쳐서 괜찮지만 바하무트는 절대 도망치지 못한다.

"너? 너 혼자서 나와 싸우겠단 소리냐?"

"그렇다. 나 혼자서 싸운다. 삼십육 용장군이라면 몰라도 너 정도 미숙한 고룡을 상대하는데 전체가 달려드는 건 꼴사나운 일이지."

'쓸까?'

바하무트는 아공간에서 잠자는 냉혈의 아즈란을 사용할까 생각했다. 냉룡마장 아즈란을 소환하고 도망치면 시간 벌이는 해줄 것이다.

'아니야. 일대일 대결이라면…….'

상대가 누구든 일대일 대결에서 등을 보인 적은 없었다. 아쿠락트만 죽이면 살 수 있다.

"후회할 거다."

"난 승산 없는 싸움은 하지 않는다. 무슨 뜻인지 알겠지?"

쿠우우웅!

폭화 언령술 : 사 조합 스킬.

뜨거울 염(炎), 더울 열(熱), 땅 지(地), 옥 옥(獄).

염열지옥(炎熱地獄) : 뜨겁고 더운 지옥.

바하무트는 대답 대신 염열지옥으로 기분을 표출했다. 수천 도의 열기가 뻗어 나가며 아쿠락트를 뒤덮었다.

지이이잉!

반투명한 하얀 막이 염열지옥과 아쿠락트의 사이를 차단했다.

"따뜻하군."

말만 그럴 뿐이지 라미아족 중에서 염열지옥의 영향권을 벗어나지 않은 존재는 그 하나가 유일했다.

족장들도 뼛속까지 파고드는 열기에 거리를 벌렸다.

"널 이기면 살려준다고? 그게 네가 죽는 원인이다."

"오라, 미숙한 고룡이여."

아쿠락트가 언월도를 들지 않은 반대쪽 손을 까닥였다.

명백한 도발.

'색다른 기분이네.'

바하무트는 게임을 하다 보니 별의별 일을 다 겪는다고 생각하며 그를 향해 몸을 날렸다.

육체는 물론이고 영혼까지 녹여 버리겠다.

전력을 다해서.

*　　　*　　　*

드드드드!

바하무트가 아쿠락트의 머리를 쥐고서 암벽을 향해 내던졌다. 그게 끝이 아니었다. 그 상태로 달려가 어깨로 짓이겼다.

콰아아앙!

수십 미터 높이의 암벽이 통째로 흔들리며 충격의 근원지를 중심으로 갈라졌다. 암벽 깊숙이 처박혔는지 아쿠락트의 모습이 안 보였다.

폭화 언령술 : 이 조합 스킬.
날카로울 예(銳), 불 화(火).
예화(銳火) : 날카로운 불꽃.

써거거걱!

예화가 암벽을 파고들며 반대 방향으로 튀어나왔다. 절삭력을 못 버틴 바위들이 떨어짐에도 바하무트는 피하지 않고 공격만 해댔다.

쿠르르르!

파파파팟!

"튕겨주마!"

암벽이 무너지며 속에서 튀어나온 아쿠락트가 언월도를 휘둘렀다. 바하무트는 물러서지 않고 맞부딪쳤다.

폭화 언령술 : 삼 조합 스킬.
뜨거울 염(炎), 임금 왕(王), 주먹 권(拳).
염왕권(炎王拳) : 염왕의 주먹.

콰아아앙!

언월도와 염왕권의 충돌에 대기가 밀리면서 돌가루를 풀풀 날렸다.

주르르륵!

바하무트의 주먹에서 피가 흘러나왔다. 아쿠락트의 언월도는 염왕권과 용투기를 동시에 깨뜨렸다.

"퉤! 제법이군. 용족이여."

아쿠락트가 입안에 고인 피를 뱉었다. 군데군데 찌그러진 갑옷과 경상 정도의 생채기를 제외하면 전체적으로 멀쩡했다.

그러나 바하무트의 두터운 몸은 언월도에 베이고 찢겨 상처로 가득 찬 상태였다. 틈을 만들려고 해도 아쿠락트는 지능이 높아 어쭙잖은 도발은 걸리지 않았다. 더군다나 50레벨 차이도 무시할 수 없었다.

"선공을 양보해 줬으니 이번에는 내가 가도록 하지."

파앙!

뱀의 하체가 활처럼 휘어지면서 아쿠락트가 바하무트의 시야에서 사라졌다. 용족의 나가도 속도에서 만큼은 드래고니언을 능가한다. 라미아의 신체 구조가 나가와 비슷하니 속도도 비슷한 듯했다.

"옆!"

후우우웅!

전 방위에 펼쳐지는 용투기의 기감에 아쿠락트의 기척이 포착됐다. 바하무트는 한 치의 머뭇거림도 없이 몸을 돌리면서 팔꿈치로 찍었다.

"속도는 확실히 느리군."

쩌억!

팔꿈치를 가볍게 피한 아쿠락트가 언월도의 창대로 바하무트의 갈비뼈를 부줬다.

"크아아악!"

콰콰콰콰!

창대의 타격력에 바하무트가 비명을 지르며 저 멀리 튕겨졌
다. 나무가 부러지고 땅이 파였다. 순식간에 생명력의 10%가
빠져나갔다. 본체일 때 포션을 복용할 수 없다는 걸 떠올리면
엄청난 피해였다.

폭화 언령술 : 삼 조합 스킬.

터질 폭(爆), 불 화(火), 화살 시(矢).

폭화시(爆火矢) : 폭발하는 불꽃 화살.

투웅!

퍼어어엉!

바하무트가 가까이 다가오는 아쿠락트에게 폭화시를 날렸
지만 그는 언월도를 흔들어 폭화시의 궤도를 바꿨다.

그 때문에 애꿎은 숲의 일부만 잿더미로 화했다.

"이쯤이면 승부가 난 걸로 보이는데?"

"아니, 아직 한 방이 남았어."

펄럭!

힘겹게 몸을 일으킨 바하무트가 상공으로 떠올랐다.

콰우우우!

그를 보호하던 용투기와 염열지옥이 해제되고 그 모든 기운
이 한 곳으로 모였다.

폭화 언령술 : 오 조합 스킬.

터질 폭(爆), 불꽃 화(火), 멸망할 멸(滅), 넋 혼(魂), 구슬 주(珠).

폭화멸혼주(爆火滅魂珠) : 영혼조차 멸하는 폭염의 구슬.

"흐음, 저건… 위험하군."

아쿠락트가 폭화멸혼주에서 발생하는 열기를 느끼며 언월도를 두 손으로 잡았다. 지금까지는 한 손으로 휘둘렀다. 그렇다고 반대쪽 손이 놀고 있던 건 아니었지만 전력을 다하지는 않았다.

"이거 막으면 네가 이기는 거다."

"꼭 막을 필요는 없지."

"그래, 알아서 해결해라."

우우우웅!

폭화멸혼주가 아쿠락트를 멸해 버릴 기세로 날아갔다. 아직 멀리 있건만 절망의 평원이 뜨겁게 달아올랐다.

"제어력을 상실하면 기술은 와해되게 마련이다."

아쿠락트가 언월도를 정면으로 찔러 넣었다.

피이이잉!

슈타이너의 소닉 붐을 넘어서는 하얀 광선이 대기는 물론이고 폭화멸혼주를 꿰뚫고서 바하무트의 심장에 구멍을 만들었다. 그러고도 모자라 식별할 수 없는 곳까지 치닫고서야 사라졌다.

"더… 럽게… 강하네……."

바하무트의 본체가 강제로 풀리면서 땅바닥으로 곤두박질쳤다.

콰아아아아앙!

자신을 제어해 줄 의지가 사라지자 폭화멸혼주가 화를 내며 폭발했다. 그에 바하무트가 그 모습을 지켜보며 말했다.

"나 혼자… 당하는 건 억울하잖아……."

그가 마지막 남은 용투기를 폭화멸혼주의 불꽃에 집중했다. 그러자 남은 화기의 정화가 다시금 뭉치더니 살아 있는 생물처럼 아쿠락트를 뒤덮었다.

푸화아아아악!

"이런!"

하얀빛이 생성되며 폭화멸혼주로부터 아쿠락트를 보호했다.

밀고 밀리는 싸움임에도 바하무트는 포기한 기색을 내보였다. 다 죽어가는 미약함 힘으로 건재한 아쿠락트를 죽이는 건 불가능했다. 그냥 허무하게 죽기 싫다는 마지막 발악이었다.

파아아앗!

역시나 하얀빛이 폭화멸혼주의 잔재를 소멸시키고는 축 늘어진 바하무트를 들어 올렸다.

"패배를 인정하는가?"

아쿠락트는 갑옷만 녹고 약간의 화상만 입었다. 대체로 멀쩡한 편에 속했다.

"누구 놀려?"

바하무트가 힘겹게 고개를 들었다. 인정하고 말 것도 없었다. 레벨 격차를 좁히지 못하고 완패했다.

"신의 축복을 받았으니 다시 살아나겠지? 좀 더 강해져서 찾아와라. 그때를 기대하마."

"자존심이 뭉개지는군.

바하무트는 허탈하게 웃었다. 나름 3차 전직을 하고서 자만에 빠져 있었다. 그도 그럴 것이 히드라와 비슷하게 싸우고 본체로 현신하지 않고서 그레우스 공작을 죽기 직전까지 몰아붙였다.

아쿠락트와 레벨 차이가 극심했어도 같은 300레벨 대였기에 혹시나 하는 생각도 지녔었다.

비록 처참하게 패배했지만 말이다.

"재밌었다. 용족이여."

푸욱!

거대한 언월도가 바하무트를 양분했다. 피가 솟구치며 두쪽으로 나뉜 그의 육체가 서서히 희미해졌다.

강제 로그아웃을 당하는 게 얼마만인지 가물가물했다.

"슈타이너에게 연락해야겠다."

자신이 죽은 것을 알면 미쳐 날뛸 것이다. 살라고 보냈는데 다시 돌아오면 대신 죽은 의미가 사라진다.

* * *

슈아아앙!

바하무트가 아쿠락트를 막는 사이 슈타이너는 브레인을 데리고 절망의 평원 상공을 가로질렀다. 온갖 비행 몬스터가 따라붙음에도 그는 소닉 붐을 난발하며 길을 강제로 뚫었다.

> **텔레포트 스크롤 재사용 시간이 아닙니다.**

"30분이 왜 이렇게 길어!"

텔레포트 스크롤은 30분에 한 번씩 쓸 수 있다. 평소에는 길다고 생각해 본 적이 한 번도 없었는데 오늘은 재사용 시간이 멈춰 버린 느낌이다.

키아아아!

찢어지는 괴성과 함께 블랙 아울 수십 마리가 슈타이너에게 달려들었다. 그에 브레인이 기겁했다. 전부 150레벨 시련등급 몬스터였다.

"전부 꺼져!"

소닉 붐(sonic boom) : 후반 팔식.
유성낙하(流星落下) : 유성 떨구기.

슈타이너가 내지른 창에서 황금빛 유성들이 떨어졌다. 블랙 아울들은 한 방을 버티지 못하고 분해됐다.

'대륙십강… 이들을 유저라고 할 수 있을까?'

브레인은 동영상으로 보던 것과 실제로 보는 것의 차이에서 묘한 괴리감을 느꼈다. 다 같은 유저임에도 어찌 이런 차이를 보일 수 있는지가 의문이었다.

바하무트와 슈타이너가 유독 강하기도 했지만 브레인의 생각대로 대륙십강은 평범한 유저들의 한계를 벗어나 있었다.

만부부당.

혼자서 능히 만 명을 상대한다는 뜻이다. 브레인이 보는 관점에서 대륙십강은 그 뜻에 들어맞는 존재들이었다.

> **텔레포트 스크롤 재사용 시간이 돌아왔습니다.**

"슈타이너 님! 재사용 시간 돌아왔습니다."

브레인의 말에 슈타이너가 날갯짓을 멈췄다.

"도시로 가서서 기다리세요. 금방 가겠습니다."

슈타이너는 바하무트에게 돌아가려 했다. 파티창으로 보이는 그의 생명력 게이지가 계속해서 줄어들었다.

저러다가 죽을 수도 있었다.

"알겠습니다."

브레인은 그의 말에 군말 없이 따랐다. 맵퍼는 비전투 직업이라 가봐야 방해만 될 뿐이다.

"이해해 주서서 감사합니다. 그럼……."

콰아아아아아앙!

슈타이너와 브레인의 시선이 소리가 들려온 쪽으로 돌아갔다.

수십 킬로미터가 떨어졌음에도 숲을 태우는 화염과 그 화염을 가르는 하얀빛의 윤곽이 뚜렷하게 드러났다.

"저건?"

바하무트의 오 조합 스킬 폭화멸혼주가 분명했다. 저 정도의 폭발력을 내려면 사 조합으로는 어림도 없었다. 시뻘건 화염이 절망의 평원을 환하게 밝혔다가 곧 수그러들었다.

그리고 잠시 뒤.

파티장 바하무트 님께서 사망하셨습니다.

"뭐?"

"헉! 바하무트 님이!"

슈타이너가 재빨리 파티창을 열어봤다. 알림음대로 바하무트가 강제 로그아웃되어 있었다. 도망치지 못하고 죽은 것이다.

부들부들.

"개 씨발 놈들이!"

주인의 분노에 응답한 황금빛 용투기가 요동쳤다. 창을 쥐고 있는 슈타이너의 손등에 징그러운 핏줄이 도드라졌다.

탁!

"가시면 죽습니다. 도시로 가서 기다리는 게 예의입니다."

브레인이 슈타이너를 붙잡았다. 그가 라미아 대군락 쪽으로 가려 했기 때문이다. 바하무트가 죽은 건 이미 지나갔기에 돌이킬 수 없다. 어째서 끝까지 도망치지 않고 버텼는지는 몰라도 시간을 벌어줬다는 걸 생각한다면 무사히 돌아가 주는 게 예의였다.

"아! 진짜! 형, 얼굴을 어떻게 봐!"

저레벨도 아니고 320레벨이다. 죽으면 −3레벨에 스킬 숙련도도 깎인다. 절망에 평원에 들어와서 얻은 건 하나도 없고 왕창 잃기만 했다.

따리리링!

> 편지가 도착했습니다.

편지는 파티나 채팅과는 달랐다. 이건 현실에서 가상으로도 보낼 수 있는 편리 시스템이다. 누가 보냈는지는 불 보듯 뻔했다.

스륵.

이상한 생각 말고 도시로 가서 기다려.

간단한 글귀임에도 바하무트의 확고한 의지가 느껴졌다.

"후! 가시죠."

이성을 되찾은 슈타이너가 텔레포트 스크롤을 찢었다. 빛에

휩싸이는 그를 보는 브레인도 그제야 안심하며 도시로 이동했
다.

＊　　　＊　　　＊

도시로 돌아간 슈타이너와 브레인은 다음 날 이 시간에 만
나기로 하고 로그아웃을 했다. 바하무트가 하루 동안 접속을
못 하기에 어쩔 수가 없었다.

그렇게 하루가 지나고 바하무트가 나타났을 때 슈타이너는
그의 얼굴을 똑바로 쳐다보지 못했다. 모르는 사람들이 보면
죽을죄라도 지었다는 그런 표정을 짓고 있었다.

"됐어. 얼굴 풀어. 레벨은 천천히 올리면 되는 거야."

"죄송해요……."

"괜찮아. 그나저나 아쿠락트 정말 강하더라. 창술의 대가부
터 끝내고 가는 게 좋을 것 같다."

라미아 대군락의 구조상으로 족장만 따로 빼 오는 건 불가
능했다. 나중에 바하무트의 레벨이 아쿠락트만큼 오르든가 대
규모 퀘스트를 발생시켜 토벌 형식으로 해결해야 할 듯싶었
다.

"네……."

괜찮다는데도 슈타이너의 표정은 요지부동이다. 바하무트
는 고개를 흔들고는 그냥 내버려 두기로 했다.

저러다가 시간이 지나면 저절로 풀릴 것이다.

"브레인 님, 고생하셨습니다."

"아닙니다. 두 분 덕분에 2차 전직도 하고 저에게는 일생일대의 기회였습니다."

전직을 했으므로 지겨웠던 레벨업을 반복해야 하건만 브레인은 그런 건 상관치 않았다. 정체됐던 게임 생활에 활력이 돌아왔다.

그것만으로도 충분했다.

"받으세요."

바하무트는 현금 대신 성공 보수 5만 골드와 브레인에게 도움이 될 만한 레어 아이템 하나를 선물했다. 그는 고용비용을 훨씬 상회하는 금액에 한사코 거절했지만 결국에는 받았다.

"형, 이제 어떡하실 거예요?"

"메릴 강을 넘어보려고."

메릴 강을 넘는다는 말에 브레인이 물었다.

"바하무트 님이 말씀하시는 메릴 강이 아마란스 영지 부근에 있는 메릴 강인가요? 절망의 평원에서 끄트머리에 있는?"

"맞습니다. 제 영지 주변인데 확장 좀 하려고요. 몬스터도 쓸어버리고."

그곳을 토벌하면 공국을 건국할 수 있다. 어쩌면 왕국도 가능할지 모른다.

"그렇군요."

"어떻게 아세요?"

"우연히도 바하무트 님이 영주로 부임하시기 전에 그곳에 관한 의뢰를 하나 맡아서 조사하러 갔다가 맨티스에게 발각돼 죽었습니다."

벌써 몇 개월이 훌쩍 지났다. 맨티스의 전투력이 어쩌나 강했는지 한 개 포스(100)가 눈 깜짝할 사이에 쓸렸다.

"깊이 들어가 보셨습니까?"

"아니요. 맨티스 나이트 두 마리가 이끄는 부대에 걸려서⋯⋯."

바하무트는 잠깐 말을 끊고서 무언가를 곰곰이 생각하더니 말했다.

"저와 함께 메릴 강 넘어보실래요?"

"네?"

놀라서 되묻는 브레인을 보며 바하무트가 다시 한 번 말했다.

"저와 슈타이너가 가면 또 헤맬 걸요? 이참에 돈 좀 벌어보시는 게 어떻습니까?"

토벌전이 시작되면 얼마나 걸릴지 장담하지 못한다. 빨리 끝날 수도 있고 늦게 끝날 수도 있다. 브레인이 있다면 적어도 길 찾는 부분에서 시간을 끌 필요가 없어진다.

'오오! 이건 신이 내게 주신 기회다!'

바하무트와 붙어 다니면 레벨업과 스킬 숙련도는 물론이고 몇 달 동안 고생하며 벌어야 할 돈도 쉽게 번다.

이번 라미아 수색으로 꽤 많이 벌었어도 부양해야 할 가족을 생각하면 한참이나 모자랐다. 현명한 사람은 기회가 생기면 잡는다. 그리고 브레인은 현명한 사람이었다.

"저는 좋습니다!"

"당장은 출발하지 않습니다. 이것저것 처리해야 할 일이 많거든요."

영지도 안정시켜야 하고 여러 정보도 모아야 한다. 무턱대고 갔다간 이번처럼 죽어서 나올 것이다.

"가시죠. 아마란스 영지로 초대하겠습니다."

"네!"

브레인은 왠지 이번으로 서로의 관계가 끝나지 않을 거라는 예감이 들었다. 그는 이 파티가 마음에 들었다. 그들이 대륙십강의 랭커라서가 아니다.

맵퍼는 직업의 특성상 수많은 파티를 거쳐 간다. 그동안 아이템 하나 얻으려고 헐뜯고 싸우고 이간질하는 이들을 수도 없이 봐왔다.

이곳처럼 편안한 분위기는 단연코 본 적이 없었다. 돈도 돈이지만 돈보다도 사람 자체를 더 우선시하는 그런 곳이 필요했다.

그리고 이곳이 바로 그곳이다.

17장
기사단 창설

"오늘인가?"

영주 집무실에 앉아 있던 바하무트가 긴가민가해하며 말했다. 그는 자신의 손가락을 하나둘씩 접더니 고개를 끄덕였다.

"오늘 맞네."

아마란스 영지는 그동안 큰 발전을 했다. 돈을 덕지덕지 발라서 이뤄낸 결과임에도 만족스러웠다.

영지는 황금알을 낳는 거위다.

피둥피둥 살을 찌우려면 그만한 대가를 지급해야 한다. 그리하면 대가에 걸맞은 보답을, 즉 황금알을 낳아준다. 바하무트가 투자한 돈의 단위가 크기 했지만, 영지의 매출도 그에 비례하여 기하급수적으로 상승했다.

"영지에 박혀 있으니까 사냥도 점차 귀찮아지는군."

바하무트는 아쿠락트에게 패배 레벨이 깎인 뒤로 레벨업의 의욕을 잃었다. 그렇다고 아예 올릴 생각이 없는 건 아니고 당장은 편히 쉬고 싶었기에 목매지 않기로 했다.

그 때문에 317레벨에서 레벨도 오르거나 내리지 않고 그대로였다.

"슈타이너 녀석, 너무 무리하는 것 같은데⋯⋯."

요즘 슈타이너는 접속부터 종료까지 창술의 대가에 미쳐 살았다. 스킬 숙련은 레벨업보다 몇 배는 더 지겹다. 그럼에도 슈타이너는 묵묵히 수련했다.

바하무트의 레벨이 깎인 이후부터 계속.

똑똑!

"들어오세요."

집무실 문을 두드리며 바하무트의 집사인 그레이슨이 들어왔다. 그는 들어오자마자 바하무트에게 영지 관련 서류를 건네줬다.

"영주님, 준비가 끝났습니다."

"그렇군요. 가도록 하죠."

그레이슨이 앞장서고 바하무트가 뒤따랐다. 그는 뒤따라가면서 그레이슨이 건네준 서류를 꼼꼼하게 읽었다.

'3,000만 골드 값을 하기 시작하네.'

아마란스 영지는 바하무트의 작위가 후작이라서 후작령으로 표시된다. 그러나 시작은 자작령부터였기에 아직 후작령의 규모를 갖추지는 못했다.

영지만으로 판단하면 중급 수준의 백작령 정도랄까?

서류의 내용대로라면 앞으로 한 달이나 두 달이면 완벽한 후작령의 위용을 갖출 거란다. 풍부한 자금력과 인맥을 바탕으로 걸리적거리는 모든 것을 치워 버렸다. 적대 세력조차 없으니 기다리기만 하면 된다.

"다 왔습니다, 영주님."

그레이슨이 바하무트를 영주설 뒤편에 마련된 난간으로 이끌었다. 난간 아래로 보이는 작은 연무장에는 한 개 포스의 기사단이 질서정연하게 선 상태로 그를 맞아줬다.

채앵!

"영주님께! 경례!"

"충!"

150레벨의 기사단장 NPC가 검을 뽑자 100레벨의 기사들이 그 동작을 따라하며 바하무트에게 예를 취했다. 기사는 일반 병사 100명에 1명 비율로 만들어진다. 아마란스 영지의 병력이 1만을 넘겼다는 증거였다.

'이들이 돈 먹는 하마 중에서도 왕 하마로 불리는 기사들이로군.'

병력 유지는 모든 영지의 지출 목록 중에서 가장 많은 돈을 빨아먹고, 그중에서 기사는 단연 압권이었다.

영지를 보유한 유저들은 기사를 만드느니 길드를 만들어 유저를 영입한다. 그편이 훨씬 더 이득이고 효율적이다. 길드에 영지가 소속되어 있으면 사냥터 구하기도 쉽고 남들에게도 인정을 받았다.

그럼 바하무트가 바보라서 기사를 만들었느냐 하면 그건 또 아니었다. 기사는 기사 나름대로 장점이 존재했다. NPC답게 항상 영지에 상주하며 위협세력으로부터 영지를 지켜준다. 영주인 유저에게서 태어났기에 충성심이 높았다.

충성심을 60% 이상만 유지해 주면 불구덩이에 뛰어들라 말해도 뛰어든다. 더군다나 NPC가 성장해서 울티메이트 마스터나 그랜드 마스터가 돼도 영주를 떠나지 않는다.

반대로 유저들은 변덕스럽다. 언제 어느 때 마음이 바뀌어 딴소리할지 모른다. 단기적으로 보면 유저 영입이 이득일지 몰라도 장기적으로는 NPC 기사에게 미치지 못한다. 유저들도 그 사실을 모르는 건 아니다.

꺼리는 이유는 단 하나.

첫째도 돈, 둘째도 돈, 셋째도 돈, 돈, 돈, 돈이 원인이다. 남작령의 자금력으로는 기사를 다섯 명도 유지하기 어렵다. 그나마도 영주 주머니에 들어오는 수입을 줄여야하기에 다들 쉬쉬했다.

위로 갈수록 유지 여력이 생김에도 기사단을 만드는 영주는 극소수에 꼽혔다. 공작 계급의 라이세크만 봐도 기사단 대신 길드원으로 전력을 충당했다.

"좋군요."

바하무트가 기사단을 보며 흡족한 표정을 지었다. 유저 영입은 왠지 껄끄러웠다. 의심 없이 대하는 데는 NPC가 최고였다.

"영주님! 기사단장 테로든이라고 합니다! 기사단의 이름을 정해주시기 바랍니다!"

기사단장 테로든이 우렁차게 외쳤다. 기사단을 창설했으면 응당 이름을 지어줘야 했다.

영주의 권한으로 기사단의 이름을 정해주시기 바랍니다.

"붉은 영혼 기사단이라고 하겠습니다."

바하무트는 기사단의 이름을 미리 정했다. 특별한 의미는 없었다.

그냥 튀지 않는 선에서 무난하게.

붉은 영혼 기사단이 창설되었습니다.

"붉은 영혼 기사단은 영주님께 충성을 맹세합니다!"

NPC들이야 영주가 미친 짓만 하지 않으면 무한 충성이다. 바하무트가 그레이슨을 보며 말했다.

"그레이슨, 제가 준비한 것들을 기사단에게 주세요."

"알겠습니다."

짝짝!

그레이슨이 손뼉을 치자 커다란 상자 100개를 짊어진 짐꾼

들이 연무장으로 들어왔다. 그리고는 기사들 앞에 하나씩을 내려놓고는 곧바로 사라졌다. 기사들은 어리둥절했다. 그들도 이게 무엇인지 몰랐다.

"영주님께서 하사하는 선물입니다. 열어들 보시길."

덜컹!

기사단장이 대표로 상자를 열었다. 그 모습을 지켜보던 기사들도 하나둘 상자를 열었다.

"헉!"

"맙소사!"

"이건!"

그레이슨은 당황하는 기사들을 보며 차근차근 설명했다.

"영주님께서 기사단 창설을 축하하시며 사비로 구매하신 마법 아티팩트입니다. 한눈에 봐도 대단한 가치를 지녔음을 알 겁니다. 부디 영지를 위해 큰일을 해주시길 부탁하는 바입니다."

바하무트가 기사단에게 내준 것은 매직 급의 화 속성 기사 장비 풀 세트였다.

아이템의 이름은 붉은 영혼 기사 세트.

평소 브레인과 친하게 지내는 대장장이 유저 한 명을 소개받아 그가 운영하는 공방에서 주문 제작했다.

대장장이는 오래간만에 들어오는 큰 의뢰에 기뻐하며 온 정성을 쏟았다. 모든 재료를 바하무트가 대고 수고비용만 챙겨줬음에도 200만 골드가 들어갔다.

실로 큰 지출이었지만 바하무트는 미래를 위한다면 이쯤은 써줘야 한다고 생각했다.

철컥철컥!

붉은 영혼 기사단이 처음 만들어질 때 입었던 기본 경갑을 벗어 던지고 주문 제작된 아이템 세트를 착용했다.

'괜찮은데?'

바하무트가 붉은 영혼 기사단의 능력치 창을 띄워 살펴봤다. 확실히 게임이라서 아이템의 영향력을 무시할 수 없었다. 개개인의 능력치가 30%나 증가했다. 기사단장의 장비는 신경 써서 만들었기에 증가 폭이 좀 더 높았다.

"오오!"

"힘이! 힘이 넘쳐!"

"몸이 가볍다!"

노멀 장비와 매직 풀 세트는 비교 자체가 무의미하다.

아이템 능력치는 둘째 치고 화 속성이 추가 데미지로 붙어서 실제로 싸운다면 제 몫은 충분히 하고도 남을 것이다.

[바하무트 님, 브레인입니다. 잠시 시간되시나요?]

바하무트가 영지를 관리하고 슈타이너가 스킬 수련을 하는 동안, 브레인은 메릴 강 인근을 조사했다. 토벌하려면 그곳의 지형지물과 몬스터의 종류, 생태계 등의 파악이 필수였다.

[네, 제 집무실로 오세요.]

[지금 가겠습니다.]

바하무트는 음성 메시지를 끝내고서 그레이슨에게 붉은 영혼 기사단의 뒷일을 부탁하고 집무실로 돌아갔다.

*　　*　　*

집무실로 돌아온 바하무트는 앞에서 기다리던 브레인과 함께 안으로 들어갔다. 그는 고생을 많이 했는지 장비의 군데군데가 상해 있었다.

내구도가 많이 떨어져서 나타나는 현상이다.

"고생하셨습니다."

"아닙니다. 생각보다 재미있던걸요?"

엑스퍼트 맵퍼였을 때는 온갖 개고생을 다 했지만, 마스터 맵퍼가 됨으로써 여유를 갖게 됐다. 그뿐 아니라 뒤에서 지원을 아끼지 않는 스폰서 덕분에 넘칠 만큼의 자금과 인력이 동원됐다.

바하무트는 그에게 2,000명의 NPC 병력을 붙여줬다.

병사들의 평균 레벨은 85.

낮다면 낮지만, 숫자가 무려 2,000명이라서 웬만한 몬스터는 규모에 밀려 다가오지도 못했다.

"성과는 있습니까?"

"이걸 보시지요."

촤르르륵!

브레인이 지난 일주일간 마스터 맵퍼의 능력을 발휘해서 만든 지도를 넓은 탁자에 펼쳤다. 예전에 그레이슨이 가져온 지도보다 훨씬 복잡했다. 이곳저곳에 형형색색의 표시들이 주를 이뤘다.

바하무트는 어지러웠다. 도무지 뭐가 뭔지 모르겠다.

"하하… 좀 지저분하죠?"

"지저분하다기보단… 해석할 수 없네요."

탁!

"여기부터 보시면 됩니다. 여기가 영지, 여기가 토벌 지역입니다."

브레인이 맵퍼의 기본 아이템 막대기로 아마란스 영지를 가리켰다. 아마란스 영지에서 북쪽으로 20킬로미터를 올라가자 메릴 강이 나왔다.

메릴 강 건너편은 붉은색, 건너기 전은 푸른색이었다. 비율은 8:2 정도로 붉은색이 8, 푸른색이 2다.

"붉은색 부분은 맨티스의 영역, 그전은 다른 몬스터의 영역입니다."

"이게 다 멘티스의 영역입니까?"

작은 왕국을 방불케 할 규모였다. 이쯤이면 강력한 우두머리는 물론, 수십만 마리가 상주할 것이다.

"실제로 깊숙이 들어가진 못했습니다. 인근만 조사하는 데도 힘에 부쳐서요."

"이해합니다."

"결론부터 말씀드리자면 붉은색 지역을 나중으로 밀어두고 푸른색 지역 먼저 토벌하는 걸 추천하겠습니다."

전체 지역에서 푸른색이 차지하는 비중은 2에 불과했다. 그만해도 아마란스 영지의 2배에 달했지만 불만족스러웠다.

"역시 전력이 모자라는군요."

"네. 바하무트 님도 잘 아시겠지만 이런 독립지역에는 악마 같은 놈들이 한둘은 있게 마련이니까요."

"그건… 그렇죠."

몬스터도 서로 싸운다. 여러 이유가 있지만 그중 하나가 영역 다툼이다. 메릴 강이 포함된 독립지역은 지능 있는 몬스터가 선호할 만큼 조건이 좋았다. 저런 지역을 지키려면 어중간해서는 어림도 없다.

"혹시 없을 수도 있지 않을까요?"

도리도리.

브레인이 말도 안 된다는 듯 고개를 저으며 푸른색 지역에 동그라미 쳐진 2개를 강조했다.

"이 2개, 좌절 몬스터의 영역을 표시해 둔 것입니다. 하나는 샌드 웜이고 또 하나는 트롤입니다."

샌드 웜은 강을 넘지 못하기에 그러려니 해도 트롤은 다르다. 숲에 대한 애착이 강해서 좋은 보금자리를 차지하려는 몬스터였다.

"둘 다 280레벨 정도인데 이 녀석들이 가까이 못 간다면 갈 수 없게 만드는 뭔가가 있기 때문이겠죠?"

"흠!"

"토벌로 영토를 확장하는 방법은 굉장히 까다롭습니다. 푸른색은 현재 아마란스 영지의 병력으로도 가능하니 이곳부터 흡수하고 완벽한 후작령이 된 이후에 붉은색을 토벌하시는 게 어떻겠습니까?'

바하무트는 슈타이너와 브레인의 도움을 받고 기사단을 포함한 1만의 병력이면 해볼 만하다고 생각했다.

그런데 아무래도 큰 착각이었다.

"한번 가보시겠습니까? 가서서 설명을 들으시면 더욱 가슴에 와 닿을 겁니다."

브레인은 말로 설명하는 것보다 그냥 한 번 보여주는 게 낫겠다고 느꼈는지 바하무트의 의중을 물었다.

"좋습니다. 마침 기사단도 창설됐고 장비도 맞춰줬습니다. 가보도록 하죠."

바하무트는 영주의 권한을 동원해 병력을 소집했다. 이왕 가려면 제대로 해야 제 맛이다.

＊　　　＊　　　＊

아마란스 영지에 붙어 있는 평원으로 대군이 집결하자 그 모습을 지켜보던 유저들이 저마다 한마디씩 해댔다.

"영지전인가?"

"설마? 너 여기 영주가 누군 줄 몰라서 그래?"

어떤 정신 나간 놈이 바하무트에게 영지전을 신청하겠는가? 그랬다간 유저든 NPC든 간에 희대의 미친놈으로 기억될 것이다.

"토벌 같은데?"

"진짜 대박이다. 자작령을 후작령까지 키운 것도 대단한데 병력이 대체 얼마야? 저걸 어떻게 유지하지?"

바하무트는 일반 병사 5,000명에 붉은 영혼 기사단을 동원했다. 나머지는 영지의 치안을 위해 남겨뒀다.

병력의 구성은 효율적으로 분배해야 한다. 그 때문에 아마란스 영지에 지점을 두고 있는 마도협회에서 원소술사 100명과 태양신 유리스의 신전에서 상급 신관 50명을 고용했다.

병사들은 숫자만 많을 뿐, 레벨이 높지 않았다. 몬스터의 앞에 떨궈놓으면 순식간에 죽어나갈 것이다. 원소술사와 신관들이 뒤에서 받쳐 주면 그 피해를 최소화할 수 있었다.

병력의 중앙에는 붉은 영혼 기사단이 말을 탄 채로 바하무트와 브레인을 보호했다. 유저들은 바하무트를 가까이서 보고 싶음에도 접근할 수 없었다.

"영지가 발전하니 유저들도 많이 몰리는군요."

브레인은 바하무트가 부임하기 전에 아마란스 영지를 와봤다. 당시에도 상당히 발전된 편이라서 소외당하지는 않았다.

그렇지만 지금과 비교하면 한참이나 모자랐다. 유동 인구가 불과 몇 달 전의 3배를 넘어섰다. 발전은 둘째 치고 바하무트의 영지라고 알려지면서부터가 시발점으로 작용했다.

"딱히 그런 쪽은 관심이 없습니다만 투자해도 제자리걸음이면 의욕이 떨어졌겠죠."

바하무트의 경영철학은 돈에 치중되지 않는다. 그렇다고 손해 보는 걸 좋아하는 바보 멍청이는 더더욱 아니었다.

"출발하겠습니다, 영주님."

"하하! 낯간지럽네요."

NPC가 영주라고 부르는 것과 브레인이 부르는 것은 같은 단어임에도 다가오는 느낌이 남달랐다.

쿵!

브레인이 출발하겠다는 신호를 던지자 5,000의 군대가 진군했다. 그들의 목표는 메릴 강을 건너기 전, 지도상에 표시된 푸른색 부분의 토벌이었다.

*   *   *

꾸어어엉!

3미터의 덩치에 축 늘어진 뱃살.

아무렇게나 다듬은 나무 몽둥이를 든 트롤들이 흉포한 괴성을 지르면서 달려왔다.

콰콰콰쾅!

원소술사들의 손에서 각종 마법이 캐스팅되며 전방에서 다가오는 트롤들을 분쇄했다. 일격에 죽일 수는 없었지만, 신체 일부분을 날려 버릴 위력을 내포하고 있었다. 원소술사들의 마법 공격이 끝나고 그들이 마력을 회복하는 사이 붉은 영혼 기사단이 병사들을 지휘하여 맡은 바 임무를 충실히 수행했다.

바하무트와 브레인은 따로 명령을 내리지 않았다. 기사답게 그들 각자의 병법으로 몬스터의 빈틈을 치고 들어갔다.

"답답하시죠?"

"예? 뭐… 좀……."

플레이포럼에서 정보 분석관으로 활동하는 브레인은 눈치 빼면 시체였다. 그는 바하무트가 이 전쟁을 지루해하고 있다는 걸 알아챘다.

"바하무트 님이 나서시면 분명 빨리 끝날 겁니다."

폭화 언령술 몇 방이면 이 난잡한 상황은 금방 정리된다. 병력도 안전하게 유지할 수 있었다.

"그러나 혼자서 다 한다는 건, 밑의 사람들에게 기회를 주지 않는다는 것과 똑같은 말이죠."

잘한다고 혼자 모든 일을 도맡아서 하면 다른 이들은 손가락만 빨고 기다려야 한다. 브레인은 바하무트의 옆에서 그를 잘 조율했다. 그가 나서지 않아도 되는 선이라면 어떤 상황이 오더라도 구경만 하라면서 말이다.

"라이세크와 같은 말을 하시네요."

"네?"

"다모스 점령전 때도 저는 구경만 했습니다. 그레우스 공작이 나설 때까지."

"아아! 제가 본 동영상은 편집을 거친 주요 장면뿐이라 몰랐습니다."

브레인은 플레이포럼을 뜨겁게 달궜던 다모스 점령전 퀘스트 동영상을 몇 번이나 돌려 봤다. 분량이 엄청났기에 편집이 난무했고 베스트에 들 만한 부분으로만 이루어져 있었다.

동영상에서 나왔던 바하무트와 슈타이너는 유저가 아니라 무신이었다. 적어도 브레인이 보기에는 그랬다.

"라이세크도 브레인 님처럼 저보고 나서지 말라고 했습니다. 아래의 싸움은 아래에 맡기라고."

"음, 그분과 제가 하는 말은 의미가 좀 다르긴 합니다만… 비슷합니다. 라이세크 님은 전력 보존에 비중을 뒀고, 저는 병사들의 발전에 비중을 뒀습니다."

"끄응… 복잡하네요."

"세상만사 안 복잡한 일이 어디 있겠습니까?"

바하무트가 브레인의 말에 동의하며 전방을 쳐다봤다. 그의 병사들이 몬스터의 이빨과 손톱에 사지가 찢기고 부러지고 뭉개졌다.

실제 사람이었어도 가만히 보고만 있었을 거냐고 묻는다면 아니라고 답하겠다. 제아무리 포가튼 사가가 현실을 추구한다지만 가상은 가상이었다. 그렇기에 이리 보고 있는 것이다.

"그래도 기사들이 잘 싸워줘서 다행입니다."

붉은 영혼 기사단은 매직 풀 세트의 도움을 받아 제 몫을 다하고 있었다. 돈값을 하는 모습에 바하무트는 흐뭇했다.

"시간이 얼마나 걸릴까요?"

"푸른 지역의 넓이와 지금의 속도를 고려하면… 한 달은 걸릴 듯합니다."

"오래 걸리는군요."

"바하무트 님이 나서시면 빠르긴 하겠지만 역시 추천하지 않겠습니다."

바하무트가 나서도 그가 이끄는 병사들의 레벨은 오른다. 그러나 NPC가 가진 고유의 스킬 숙련도는 오르지 않는다.

튼실한 국가를 건국하려면 기반이 받쳐 줘야 한다. 한 달 동안 병사들을 담금질하면 충분히 99레벨을 찍는 게 가능하다.

기사들도 한층 더 발전할 것이다. 붉은색 지역을 토벌하려면 바하무트 개인의 능력뿐 아니라 그를 보조해 줄 정예병들이 필요했다.

'분명 바하무트 님과 슈타이너 님은 발이 묶인다.'

강력한 보스 몬스터에게 발이 묶였을 때 병사들의 수준이 저조하다면 추풍낙엽처럼 쓸릴 것이다. 그들이 없어도 굳건히 버틸 수 있게 준비해야 했다.

그렇게 몇 주의 시간이 흘렀다.

*   *   *

바하무트는 플레이포럼을 보고 있었다. 포가튼 사가의 유저들에게 포럼은 떼려야 뗄 수 없는 존재였다.

"이게 뭐지?"

심상치 않은 제목으로 작성된 글 하나가 바하무트의 시선을 끌었다. 그는 제목을 클릭했다. 그러자 온통 불만투성이로 도배된 내용이 펼쳐졌다.

〈바하무트의 횡포, 영주면 다냐?〉

작성자 : 일루전 블레이드

씨발! 폭룡왕 바하무트 네가 대단한 놈인 건 나도 알아. 랭킹 1위에 온갖 고난이도 퀘스트를 가볍게 완료하는 괴물이지. 이번 다모스 왕국 점령전에서 본체로 현신하지 않고도 상대편 울티메이트 마스터를 초죽음까지 몰고 갔어. 안다. 대단해 대단하다고.

대단은 개뿔 개자식아 네가 영주면 다냐? 네가 아마란스 영지의 영주면 다냐고! 너 지금 영토 확장하려고 메릴 강 인근 지역 토벌 중이지? 네 영지이고 네 땅이라지만 너무한 거 아니냐? 그 지역 100~199레벨까지 레벨업 할 수 있는 꿀 창고란 거 다 알면서 그걸 토벌해서 사냥터를 없애?

사냥터 주변 접근금지 명령 때려서 수백, 수천 유저가 네놈 하나 때문에 사냥을 못하고 손가락이나 빨고 있다. 거기 몬스터가 동 레벨에 비해 쉬운 편이고 경험치랑 아이템도 잘 줘서 인기 최고인데 그걸 토벌해? 씨발! 네 영지면 끝나? 진짜 양심 있으면 그러지 말자. 어차피 그래 봐야 너만 손해! 유저들 죄다 떠나면 그 영지에 세금이 벌릴 것 같으냐? 너도 같이 망하는 거야. 개자식아!

＊ 맞아! 진짜 거기 꿀 창고인데 사냥을 못해!

＊ 그럼 네놈이 아마란스 영지 돈 주고 사든가, 이 찌질아!

＊ 새끼 열등감 폭발이네.

슈타이너 : 이 씨발 새끼야! 너 누구야? 너 뒤질래? 나한테 걸리면 너 게임 접는다, 개새끼야! 죽여 버리겠어! 반드시 찾는다!

일루전 블레이드 : 오! 랭킹 4위 황금의 학살자 납시셨네? 잘난 새 끼들끼리 편들어주니?

슈타이너 : 개호로 새끼가! 랭킹 3위거든? 아, 빡쳐!

절대검객 : 와! 황금의 학살자 슈타이너 황금의 욕 학살자네. 욕 장난 아니다.

정보 분석관 : 글 쓰신 분은 하나만 알고 둘은 모르시는군요. 자세한 거 알고 싶으시면 제 글을 보시길 링크 : www.aaaa.bbbb

바하무트는 자신을 욕하는 게시글에도 무덤덤했다. 브레인이 조만간 이런 상황이 올 거라고 언질해 준 영향도 있지만, 애당초 이런 글에 신경 쓰는 성격이 아니었다.

"슈타이너 녀석, 광분하네."

바하무트나 슈타이너는 되도록 댓글을 달지 않는 편이었다. 너무 유명해서 말 한 번 잘못하면 귀찮은 일이 많이 생겨서다. 그런데 슈타이너가 어찌나 화가 났는지 욕을 도배해서 올려놨다.

딸깍!

그는 브레인이 링크해 놓은 게시글로 이동했다. 그곳에는 이번 영토 확장에 관한 자세한 설명이 적혀 있었다.

〈아마란스 영주의 횡포? 뭘 모르시는 말씀〉

작성자 : 정보 분석관

안녕하십니까? 정보 분석관입니다. 이번에 바하무트 님이 아마란스 영지의 영토 확장을 위해 유저들에게 꿀 창고로 알려진 샌드 웜과 트롤 서식처를 토벌한다는 주제로 말들이 많으시네요.

자세히 알지도 못하면서 사람 헐뜯는 거 좋지 못한 버릇입니다. 제가 간략하면서도 정확하게 설명해 드리죠. 먼저 당장 바하무트 님이 영토 확장을 하면서 접근금지 명령을 내린 건 사실입니다. 그 이유로 유저들이 사냥터를 잃은 것도 사실입니다.

그러나 인권? 도리? 아마란스 영지는 바하무트 님이 퀘스트 완료로 받은 영지이고 수십억을 투자해서 후작령으로 발전시키는 중입니다. 여러분 중에 수십억 주실 분계십니까? 그리고 왜 눈에 보이는 것만 거론하고 먼 미래는 생각지 않으십니까? 지금 토벌하는 지역이 어디랑 붙어 있죠?

절망의 평원입니다. 욕하시는 분들, 메릴 강 건너편에 가서 하루 이상 살아남을 자신 있으신가요? 없으실 걸요? 그곳은 맨티스의 영역이니까요. 샌드 웜과 트롤의 서식처가 사라지는 건 안타까운 일이지만, 메릴 강까지의 확장이 끝나면 맨티스라는 새로운 사냥감이 생깁니다.

바하무트 님의 목표는 그 지역까지 토벌하는 겁니다. 맨티스 토벌이 끝나면 그 옆에 어디랑 맞닿을까요? 개고생해 가며 절망의 평원 중심부로 들어갈 필요 없이 아마란스 영지를 통해 들어갈 수 있게 됩니다. 현실로 치면 바하무트 님이 사비를 털어 고속도로를 만들고 있다는 거죠.

당장 사냥터를 없애서 불평불만이 폭주할 거라는 걸 알지만 적어도 비난은 하면 안 됩니다. 그는 아마란스 영지의 영주이고 여러분이 손에 만져 보지도 못할 금액을 투자했습니다.

권리가 다릅니다, 권리가. 아무것도 모르면서 욕해대지 마세요.

―이 글은 댓글을 달 수 없습니다.

브레인은 댓글을 달지 못하도록 막았다. 어딜 가나 미친놈들은 있기 마련이라 이렇게 글을 써놔도 욕을 해댈 게 틀림없었다.

"사실, 절망의 평원으로의 길 개척과는 상관이 없는데……."

그냥 공국을 만들고 싶었을 뿐이었다. 그런데 일을 하다가 보니 결과적으로 아마란스 영지의 국경이 절망의 평원과 맞닿게 돼버렸다. 이는 다른 이들에게는 혁명이고 바하무트에게는 기회였다.

더 큰 발전을 이룩할 기회.

"좋은 게 좋은 거니까."

바하무트는 긍정적으로 생각했다. 유동 인구의 증가는 득이면 득이지 손해를 끼치지 않는다.

뿌우우우!

막사 내부에서 휴식을 취하던 바하무트가 호각 소리에 반응하며 몸을 일으켰다. 어느덧 출정 시간이 다가온 것이다. 이짓도 오늘로써 3주째였다.

며칠 전, 푸른색 지역의 왼쪽에 서식하던 트롤 토벌에 성공했다. 280레벨의 좌절 몬스터라서 바하무트가 직접 죽였다. 이제는 오른쪽의 샌드 웜 서식처를 공격할 차례였다.

"무조건 단맛만 느낄 수는 없네."

막사 바깥으로 나온 바하무트가 주둔지의 상황을 확인하며 중얼거렸다. 최초 출정했던 병력 중 40% 정도가 희생됐다.

얻은 게 많았지만 잃은 것도 적지 않았다. 그럼에도 사기는 반비례해서 올라갔다. 아마란스 영지에서 재차 병력이 보충됐고 영주인 바하무트의 무력이 그들에게 믿음을 줬기 때문이다.

"브레인 님이 못 오신다고 하셨으니, 오늘은 내키는 대로 해볼까?"

브레인은 오늘 개인 사정이 생겨 들어오지 못한다고 했다. 평소 그의 말을 고분고분 따라줬다.

하루쯤은 하고 싶은 대로 해도 괜찮을 것이다.

18장
골렘 마스터 니쿠룸

대장장이들의 고향, 투스반 왕국.

장인 종족이라 불리는 드워프와의 기술 교류를 통해 부족한 군사력을 뛰어난 수준의 장비로 메꾸는 유일한 국가였다. 오소국 중에서는 국력이 가장 강했으며 매해 질 좋은 무구들을 수출해서 막대한 부를 축적했다.

그리고 다른 오소국과는 다르게 320레벨의 울티메이트 마스터를 보유하고 있었기에 나름 어깨에 힘을 주고 다녔다.

포가튼 사가를 지배하는 대륙십강은 저마다의 영역을 구축해서 그를 기반으로 살아간다. 헬렌비아 제국이나 다른 이대 강국과 비교하면 부족하지만 이곳 투스반 왕국에도 대륙십강 중 한 명이 존재했다.

랭킹 8위 골렘 마스터 니쿠룸.

그는 황금망치 길드의 길드장이다. 칭호에서 느껴지다시피 골렘 제작자라는 직업을 지녔으며 특수 종족 드워프로 플레이하는 유저였다.

손익계산에 굉장히 밝아 은연중에 황금충이라는 별명으로도 불렸다. 그럼에도 그는 신경 쓰지 않았다. 남들이 뭐라 하든 꿋꿋하게 제 갈 길을 갔다.

언뜻 보면 대단해 보일지도 모른다. 그러나 실상 대륙십강 사이에서는 타마라스 다음으로 평이 좋지 못했다. 타마라스야 워낙에 독보적이어서 그렇지 인간미 없기로는 니쿠룸도 마찬가지였다.

그런데 그 니쿠룸이 돈 냄새를 맡았다.

그것도 그가 포가튼 사가를 플레이하면서 맡아본 냄새 중에서 단연코 으뜸이라 칭할 정도로 강렬한.

"지, 지금 뭐라고 했지?"

보통의 유저들보다 머리 두세 개는 작을 법한 작달막한 체구.

드워프 특유의 울퉁불퉁한 근육과 덥수룩함 수염으로 이루어진 니쿠룸이 수하의 보고 내용을 들으며 다시금 되물었다.

"절망 던전이 발견됐습니다."

"절망? 절망이라고?"

"네, 길드 소속 영지의 광산에서 일하던 유저 한 명이 발견해서 조치를 취해놨습니다."

입막음의 대가로 레어 풀 세트를 지급했고 비밀을 발설치 못하도록 계약서를 작성했다.

"크하하하! 역시 자네의 일 처리 솜씨는 알아줘야 해!"

니쿠룸이 기뻐했다. 지금까지 포가튼 사가에서 절망 던전이 발견된 적은 없었다. 좌절도 두 번인가가 전부였다. 잘만 이용하면 황금망치 길드의 사업을 크게 번창시킬 수도 있었다.

'징그럽군.'

수하는 니쿠룸의 말투에서 몸서리쳐질 탐욕을 읽었지만 모른 체했다.

하루 이틀 본 모습이 아니기 때문이다. 정말이지 그는 돈이라면 영혼조차 내어 줄 것만 같았다.

"조사단은?"

"황금망치단 한 개 포스를 넣었습니다만, 들어간 지 10분 만에 전원 강제 로그아웃 당했습니다."

"유형은?"

"던전의 이름은 봉인된 불의 신전, 출몰하는 몬스터는 모두 화속성 계열의 불의 정령입니다."

톡톡.

니쿠룸이 생각에 잠겼다. 황금망치단은 개개인이 레어 풀 세트에 199레벨에 오른 정예로 이루어진 단체이다. 그런 이들이 고작 10분 만에 쓸렸단다. 더군다나 출몰하는 몬스터의 유형도 유저들이 기피하는 종류였다.

정령은 상대하기 까다롭다. 형체가 없기에 오러나 마법 공격이 아니면 그대로 통과한다. 생명력이 적은 편이라서 공략만 잘하면 쉽게 잡지만, 그 대신 공격력이 상당했다.

"가보시겠습니까? 통제해 놨으니 조용하게 다녀오실 수 있습니다."

"그러지, 장사를 하려면 품목에 대해 잘 알아야 하니까."

수하의 말에 니쿠룸이 긍정을 표했다. 현재 그의 머리는 빠르게 회전하는 중이었다. 애당초 던전을 공략하겠다는 생각은 저 멀리 날려 버렸다.

절망 던전에는 300레벨 이상의 몬스터가 도사리고 있을 것이다. 제아무리 니쿠룸이 대륙십강의 한 명이라도 불가능을 가능케 만드는 재주는 없었다.

황금망치 길드를 동원해도 상황은 변하지 않는다. 탐욕스럽다고 해서 돈의 노예로 보면 오산이다.

'우선 보고 결정하자.'

니쿠룸이 앉아 있던 엉덩이를 뗐다. 평소 사소한 일은 수하들에게 일임했음에도 이번만큼은 직접보고 판단해야 할 중요 사안이었다.

＊　　　＊　　　＊

우웅!

워프 포탈에서 빛이 사그라지며 니쿠룸이 나타났다. 그는 수하들의 안내를 받아 곧장 불의 신전이 발견된 지역으로 이동했다. 이미 영지 전체가 황금망치 길드의 유저들로 붐비고 있었다. 그들의 임무는 정보가 새어 나가거나 불순분자들의 침입을 틀어막는 것이었다.

"길드장님을 뵙습니다!"

"오셨습니까!"

니쿠룸을 발견한 길드원들이 큰 소리로 외쳤다. 그는 손을 휘젓는 식으로 건성건성 인사를 받았다.

"아아, 이곳인가?"

후덥지근하다는 걸 제외하면 겉모습은 평범한 광산이나 다름없었다.

"깊숙한 들어가시면 무너지는 부분이 나오는데 그게 불의 신전으로 통하는 입구입니다."

"흐흠, 준비는?"

"황금망치단 3개 포스를 준비시켰습니다."

"들어가겠다."

"황금망치단은 길드장님을 뒤따라라!"

니쿠룸이 들어가겠다는 말을 함과 동시에 화속성 저항 세트를 착용한 고레벨 유저들이 두 줄로 늘어섰다.

광산의 입구가 좁아 한꺼번에 많은 인원을 수용할 수가 없어서다. 선두에는 니쿠룸이, 그 뒤로 황금망치단이 조금씩 내부로 진입했다.

후우우우!

"이거, 저항 약한 놈들은 가만히 있어도 피가 빠지겠는데?"

니쿠룸은 드워프이며 골렘 제작자다. 불과 친숙한 종족이며 직업이다. 그렇기에 화속성 저항력이 다른 유저들보다 높았다.

황금망치단도 준비해 온 화속성 저항 세트를 착용했다. 아직 별다른 문제가 없었지만 종족이나 직업에 맞게 템 세팅을 한 유저들에게는 던전의 성향이 악조건에 속했다. 계속해서 들어가자 어느 순간부터 내부가 밝아졌다. 불빛의 근원지는 시뻘겋게 이글거리는 통로였다.

"참고 사항은?"

황금망치단원 중 한 명이 걸어 나왔다. 이미 니쿠룸이 도착하기 전에 대략적인 조사를 끝내놨다.

"화속성 저항 기준을 말씀드리겠습니다. 200 이하는 진입하는 즉시, 타 죽습니다. 200~300은 버티는 게 고작인 화상 데미지가 들어오고 300~400은 미약하게 들어옵니다. 400부터는 들어오지 않습니다. 하지만……."

"안다. 화속성 특화 유저가 아니고서는 400 이상을 맞췄다간 제 능력을 발휘할 수 없겠지."

화속성뿐만 아니라 어떤 속성이든 그 속성에 특화되지 않았다면 400 이상 맞추는 건 어려웠다. 전투 능력을 배제하고 맞춘다면 500 이상도 가능하지만 그랬다간 움직이는 샌드백이 될 것이다.

'환경은 통과로군.'

니쿠룸의 화속성 저항은 무려 520이었다. 종족 특성과 스킬, 아이템의 영향 덕분이었다.

"다른 건?"

"들어가고 조금만 이동하면 불의 하급 정령 카사가 포스 단위로 출몰합니다. 한두 번이었다면 황금망치단이 전멸하지 않았겠지만 그들이 죽을 때까지 끊이지 않았다고 합니다."

그 이상의 참고 사항은 없는 듯했다. 그들도 조사한 시간이 길지 않아서 많이 알지는 못했다. 그나마도 죽어가며 알아낸 정보였다.

경계를 넘어서면 불의 신전(절망)에 입장하게 됩니다.

당신은 불의 신전에 입장할 자격을 갖추지 못했습니다. 오기를 부렸다간 한 줌의 잿더미로 화할 것입니다.

"흥!"

스윽.

니쿠룸이 경고를 무시하고 발을 내디뎠다. 그러자 그가 보고 있던 시야가 급변하며 온통 불바다로 뒤덮인 불의 신전이 모습을 드러냈다.

"엄청나다……."

불의 신전은 거대했다. 이건 인간을 기준에서 만들어진 건축물이 아니었다. 투스반 왕궁의 수십 배가 넘는 크기는 니쿠룸과 황금망치단을 거인의 성에 들어온 장난감 병정으로 만들었다.

'겉모습은 단순하군.'

크기에 비해 던전의 구조는 복잡하지 않았다. 그냥 길을 따라가다 보면 이곳의 지배자를 만날 수 있을 것만 같았다.

아무런 방해 없이 무사히 간다는 전제하에.

"나를 보호해라."

"전투대형!"

니쿠룸을 중심으로 황금망치단이 넓게 퍼졌다. 그들을 죽이기 전에는 니쿠룸을 죽일 수 없는 구조였다.

"나와라, 아이언 킹."

우우우웅!

공명음이 울리며 공간이 벌어졌다. 그 공간 속에서 거대한 무언가가 자신의 존재를 알리며 주인의 부름에 응답했다.

쿠웅!

발이 땅을 밟았을 뿐인데, 지진이 일어난 것처럼 흔들렸다.

서서히 드러나는 아이언 킹의 모습.

전체적으로는 중갑을 착용한 기사와 비슷하면서도 묘하게 달랐다. 10미터 길이의 거대한 대검이 위압감을 안겨줬다.

머리부터 발끝까지 8미터는 될 법한 골렘이 움직이자 황금망치단의 눈에 경외감이 엿보였다. 남들은 황궁충이라 부르며 헐뜯을지 몰라도 대륙십강은 대륙십강이었다.

"주인, 명령을!"

아이언 킹이 안광을 번뜩이며 니쿠룸에게 고개를 조아렸다.

흡사 왕을 모시는 충실한 기사를 보는 듯했다.

"위험한 곳이다. 나를 태워라."

철컹!

아이언 킹의 가슴 부분이 개방되며 니쿠룸이 그 안으로 들어갔다. 그가 직접 아이언 킹을 조종하지는 못한다. 그냥 명령을 내리고 적으로부터 보호되는 사령부라고 생각하면 된다.

"황금망치단은 내 걸음에 따라 천천히 이동한다."

"알겠습니다!"

니쿠룸은 아이언 킹의 음성 구조를 자신과 연동시켰다. 황금망치단은 익숙한지 고분고분 잘 따랐다.

쿵쿵쿵쿵!

아이언 킹은 니쿠룸이 심혈을 기울여 제작한 골렘답게 신체가 인간처럼 자유로웠다. 중력의 영향을 심하게 벗어나지 않는 선이라면 어떤 동작이든 따라할 수 있었다.

화르르륵!

니쿠룸과 황금망치단이 안전지역에서 멀어지자 곳곳에서 타오르던 불꽃들이 살아 있는 것처럼 일렁이며 작은 도마뱀의 형상을 갖췄다.

"카사들이다!"

누군가 외치자마자 사람 머리만한 카사 수백 마리가 황금망치단을 포위하고는 곧바로 달려들었다.

콰콰콰쾅!

"침착하게 대응하라!"

카사는 100레벨이 넘는 하급 불의 정령이다. 그러나 300명의 황금망치단은 혼자서도 능히 대여섯 마리를 상대할 정도의 실력자였다. 그 때문에 얼마 지나지 않아 카사들을 몰살시킬 수 있었다.

"끝이 아니다! 또 온다!"

카사들은 무한정 되살아났다. 엄밀히 말하면 죽은 놈들과는 다른 놈들이었지만 황금망치단이 느끼기론 불사신을 상대하는 기분이 들었다.

콰아아앙!

그때, 진형이 한쪽에서 아이언 킹이 뛰쳐나와 수백 마리의 카사 속으로 섞여 들어갔다.

"쓸어버리겠다!"

10미터 길이의 대검이 뭉쳐져 있던 카사들 사이를 휩쓸었다. 오러가 생성되어 있었기에 일격에 수십 마리씩 죽어나갔다.

황금망치단은 니쿠룸의 위용에 사기가 치솟았다. 저레벨의 몬스터라도 숫자가 저리 많은데 눈 하나 깜짝하지 않았다. 실력만큼은 진짜배기였다.

"음?"

족히 1,000마리 이상을 죽이고 나서야 카사들의 공격이 서서히 줄더니, 어느 순간부터 툭 끊어졌다.

그 현상을 보던 니쿠룸이 말했다.

"이 지역에서 한 번에 나타나는 놈들을 다 죽였나 보군."

'아직까진 쉽다. 여유도 있고.'

니쿠룸의 레벨은 263이다. 조금 전의 전투에서는 전력의 반의반도 드러내지 않았다. 신전의 끝까지 갈 자신은 없어도 이런 수준이라면 능히 중간 부분까지는 충분하리라 여겼다.

"좀 더 기다린다."

카사들의 재생성 시간을 알아보기 위함이다. 그래야 상황에 맞는 대처를 할 수 있다. 또한, 한두 마리가 아니라 떼거리로 달려들어서 경험치도 제법 쏠쏠했다.

'299를 찍는 후에 장사를 시작하는 게 좋겠다.'

후반에 갈수록 경험치가 더디게 올랐다. 매번 사냥을 하러 가는 일도 지겨웠다. 이곳에서 299레벨을 찍을 때까지 있는 것도 나쁘지 않은 듯싶다.

'바하무트를 보고 느꼈다. 300레벨은 신세계란 것을.'

랭킹 5위 울프 로드 쿠라이부터는 전부 299레벨을 찍었다. 3차 전직을 했는지 안 했는지는 모르겠지만 밝혀진 바로는 바하무트가 유일했다.

그도 다모스 왕국 점령전 동영상을 봤다. 그곳에서 바하무트가 선보인 무력은 유저의 한계를 초월해 있었다. 그는 용족이다. 그런데도 인간 상태로 울티메이트 마스터와 싸워 호각을 이뤘다.

본체였다면 어찌 됐을까?

'300, 300레벨…….'

3차 전직을 하려면 먼저 299가 되어야 한다. 전직 시험의 끝찍함이 걱정됐지만 그건 이후의 일이다. 중요한 건 다른 대륙 십강에게 뒤처지지 않도록 299를 찍는 일이었다.

화르르르!

"1시간이군."

니쿠룸이 사방에서 재생성되는 카사들을 보며 말했다.

휴식은 끝났다. 지금 이 순간, 1마리라도 빨리 잡아서 경험치를 얻어야 원하는 걸 손에 쥘 수 있었다.

*　　*　　*

써거거걱!

니쿠룸의 대검이 송아지만 한 도마뱀과 단단한 바닥을 두 쪽으로 쪼갰다. 카사를 닮았지만 등급은 한 단계 높은 불의 중급 정령 샐러맨더였다.

번쩍!

그 샐러맨더가 니쿠룸을 막고 있던 마지막 진입 장벽이었다. 그의 육체가 새하얀빛에 잠기며 수많은 알림음이 들렸다가 사라졌다.

불의 신전에 들어온 지 두 달 만에 이룩한 쾌거.

299레벨이 됐다는 증거였다.

"크하하하! 299레벨이다! 이토록 빠른 시간 내에 299를 찍다니!"

업무도 내팽개치고 사냥에만 몰두했다. 랭킹도 8위에서 7위로 올라섰다. 불의 신전은 그에게 여러모로 복을 가져다줬다.

그동안 이곳에서 사냥하며 어떤 식으로 장사를 할지 곰곰이 고민했다. 그 결과 두 가지를 생각해 냈다.

첫째, 일정량의 골드를 받고 사냥터를 모든 유저에게 개방한다.

출몰하는 몬스터의 숫자도 파격적이고 짭짤한 경험치와 본전 이상의 아이템들이 쏟아졌다. 불의 신전은 차마 말로 설명하지 못할 정도로 넓어서 유저 간에 부딪힐 일도 없었다. 설사 부딪힌다 해도 그건 니쿠룸이 알 바 아니었다. 돈만 제대로 수금된다면 뒷일은 그들의 일이니까.

둘째, 황금망치 길드의 상인들을 불의 신전 내부의 안전지역으로 보낸다.

불의 정령들이 떨구는 아이템 중에는 대장장이들에게 없어서는 안 될 재료 아이템이 많았다. 그것을 독점으로 구매하면 길드의 재정을 풍족하게 만들 수 있었다.

구매만 하느냐?

천만의 말씀, 물약 등의 각종 보조 물품도 대규모로 판매한다.

사냥하다 보면 아이템이 쌓이거나 혹은 모자란다. 불의 신전을 한 번 나가면 들어올 때 돈을 또 내야 하기에 유저들은 불합리하단 걸 알면서도 니쿠룸의 의지대로 행동할 것이다.

"후후후후! 이게 대체 얼마짜리야?"

벌써부터 돈 들어오는 소리가 귓가에 맴돌았다. 누구에게나 목표가 있듯이 니쿠룸에게도 포가튼 사가 제일의 부자가 되겠다는 목표가 있었다.

본래 니쿠룸은 타마라스, 베라울트와 함께 포가튼 사가 삼대갑부라고 불렸었다.

그러나 어느 순간부터 바하무트와 라이세크가 치고 들어왔다. 바하무트는 랭킹 1위답게 레벨의 힘으로 온갖 고난이도 퀘스트를 독식했다. 모르긴 몰라도 히어로 아이템도 가지고 있을 것이다.

"큭! 바히무트는 그렇다 치고 라이세크 놈……."

요즘 대륙십강 사이에서 가장 핫한 존재는 라이세크였다. 바하무트와 퀘스트를 완료하면서 세력이 급속도록 불어났다.

불과 반년 전만 해도 그의 작위는 백작이었다. 그런데 그사이에 두 단계를 뛰어넘어 공작이 됐다.

알아보니, 바하무트와 슈타이너가 공적으로 받은 모든 영지를 그에게 판매했단다. 당장은 자금난에 휘청거려도 조금만 지나면 무시무시하게 성장할 것이다.

랭킹은 가장 낮은 10위 주제에 세력은 타마라스 다음인 두 번째였다. 현실이든 게임이든 줄을 잘 타야 한다는 말은 괜히 생긴 게 아니었다.

"흥, 하지만 그것도 다 끝이다. 나에게 불의 신전이 있는 한… 흐흐흐흐!"

니쿠룸은 음침하게 웃으며 현재 위치를 확인했다.

'계단만 넘으면 내부인데, 더 들어가 볼까?'

아직 신전의 내부로는 진입하지 못했다. 카사들이 출몰하는 외곽 지역에는 만 단위의 황금망치 길드원이 사냥 중이었다. 니쿠룸은 만약을 대비해 황금망치단 5,000명을 전부 데려왔다.

샐러맨더 지역부터는 난이도가 무시 못 할 정도로 높아졌다.

그 때문에 사냥 수준을 넘어 대규모 전쟁으로 돌변했지만 299레벨을 찍는 데는 어려움이 없었다.

'조금만 더 들어가 보자.'

죽을 위기에 처한다면 길드원들을 방패 삼아 도망치면 된다. 숫자가 많으니 충분히 버텨낼 것이다.

쿵!

아이언 캉과 황금망치단이 신전 내부로 조심스레 진입했다. 그리고 곧 들려오는 알림음에 니쿠룸이 기겁했다.

> 당신의 화속성 저항 수치로는 신전에서 뿜어지는 열기를 온전하게 감당할 수 없습니다.

> 초당 −5㎡의 화상 데미지를 지속적으로 입습니다.

"이런! 빠져나가라! 어서!"

니쿠룸이 다급하게 외쳤다. 자신의 화속성 저항은 500이 넘는다. 그럼에도 화상 데미지가 50이나 들어왔다. 고작해야

300대 초반으로 맞춘 황금망치단은 순식간에 타 죽는다.

"으아아악!"

"장비를 교체해!"

"끄어어어!"

황금망치단은 초당 수천의 화상 데미지를 입고는 미처 두 걸음을 떼기도 전에 강제 로그아웃 당했다.

니쿠룸을 제외하고 신전 내부로 들어온 모든 황금망치단이 재로 화해 흩날렸다. 살아남은 이들은 바깥에서 주변을 경계하던 일부 단원뿐이었다.

"이익! 어물거리지 말고 나가라고!"

니쿠룸은 이를 악물며 신전에서 벗어나려고 몸을 돌렸다. 그러나 포가튼 사가에는 이런 말이 나돈다.

들어올 땐 마음대로 들어와도 나갈 땐 마음대로 안 된다고.

"신성한 불의 신전에 침입한 자! 불의 심판을 받을 지어다!"

푸화아악!

니쿠룸은 뒤쪽에서 들리는 소리에 무의식적으로 쳐다봤다. 황금망치단도 마찬가지였다.

"헉! 미친!"

나타난 숫자는 적었다. 어림잡아 100마리나 될까? 문제는 몬스터의 레벨과 등급에서 비롯됐다.

불의 상급 정령 샐라스트.

한 마리 한 마리가 250레벨의 악몽이었다. 신전에 들어섬을 기점으로 난이도가 수십 배로 폭증했다.

"어딜 나가려 하더냐? 너희는 그분의 신전을 침입했다! 모조리 불살라 죽이리라!"

'어떤 놈이 말하는 거지?'

니쿠룸은 소리의 근원지를 찾으면서 서서히 뒷걸음질 쳤다. 샐라스트는 다가오기만 하고 입을 열지는 않았다.

몇 십 마리 정도라면 몰라도 이만한 숫자라면 니쿠룸과 황금망치단이 힘을 합쳐도 상대할 수 없는 수준이었다.

'죽을 수 없어!'

299레벨을 찍은 지 1시간도 채 되지 않았다. 이곳에서 허무하게 죽을 수는 없었다.

"내가 도망칠 때까지 막아라! 길드 차원에서 보상해 주겠다!"

콰앙!

니쿠룸은 뒤도 안 돌아보고 도망쳤다. 몬스터와 근접해 있으면 텔레포트 스크롤을 사용할 수 없었다. 입구까지 뛰든가, 한적한 곳으로 이동해야 했다. 황금망치단은 자신들을 버리고 도망치는 그가 원망스러웠지만 보상을 해주겠다는 말에 그와 샐라스트 사이를 틀어막았다.

"버러지 같은 놈! 네놈은 살 가치가 없다! 내가 직접 나서서 죽여주마!"

퍼어어엉!

신전 내부에서 분노 어린 음성이 들리며 화염의 해일이 밀려 나가 황금망치단을 뒤덮었다. 황금망치단은 상상을 초월하는 화상 데미지에 비명도 지르지 못하고 사라졌다.

우우우우!

"비켜!"

니쿠룸이 대검에 오러를 불어넣고 자신에게 다가오는 화염을 향해 휘둘렀다.

화염의 분노.

콰아아앙!

다가오던 화염이 전 방위로 퍼지면서 반경 수십 미터가 폭발했다. 니쿠룸은 오러를 전력으로 개방해서 화염을 밀어냈다.

"어리석은 짓이다."

"크윽! 모습을 드러내라!"

니쿠룸은 오러로 육체를 보호하며 쥐어짜듯이 말했다.

화륵!

이글거리던 화염의 형체가 점차 일정하게 변했다. 아이언 킹보다도 거대한 존재의 모습은 하체가 없이 상체만 타오르는 인간과 비슷했다.

"아… 아……."

니쿠룸이 입을 벌리며 말을 더듬었다. 신전에 발을 들여놓은 게 잘못이었다. 할 수만 있다면 시간을 되돌리고 싶었다.

"죽어라."

쿠우우우!

그가 손을 움직이자 주변의 화염이 동조하며 휘몰아쳤다. 마찰되는 열에 의해 아이언 킹이 녹아내렸다.

당연히 내부에 탑승한 니쿠룸도 운명을 같이했다. 니쿠룸은 꺼져 가는 시야 속에서 자신을 녹여 죽인 몬스터의 이름을 머릿속에 각인시켰다. 그래야 덜 억울할 것 같았다.

'이게 절망… 급?'

330레벨 불의 신전 수문장, 화염의 이그니스.

그것이 죽기 직전, 니쿠룸이 본 마지막 모습이었다.

* * *

이그니스에게 죽은 니쿠룸은 화가 머리끝까지 치솟아 며칠간 밤잠을 설쳤다. 299에서 3레벨이 깎였다. 호기심의 결말은 296이라는 분통 터지는 일을 만들어냈다. 그는 신전 근처로는 다가가지 않기로 다짐하고는 사냥에 열중했고 다시금 299레벨을 달성했다.

니쿠룸은 죽은 건 죽은 거고 슬슬 때가 됐음을 느꼈다.

'칼튼 자작령으로 보낼 상단을 꾸려라.'

황금망치 길드에서 대규모 이동이 시작됐다. 수천 명의 길드원이 불의 신전이 발견된 영지에서 유저들을 상대로 할 장사를 준비했다. 어마어마한 양의 물품이 그곳으로 유입되며 세간의 이목이 쏠렸다. 영지로 통하는 모든 길목과 워프 포탈이 차단됐기에 외부인은 영지로 들어갈 수 없었다.

'내 이름으로 플레이포럼에 광고를 띄워라.'

장사를 하려면 선전은 기본이다. 플레이포럼은 수백, 수천만의 유저가 들르는 포털 사이트였다. 골렘 마스터의 이름으로 광고를 띄우면 멍청한 불나방들은 저절로 몰려든다.

니쿠룸은 광고에 불의 신전에 관한 대략적인 정보만을 적어 놨다. 그들이 직접 사냥하면서 얻은 정보는 적어놓지 않았다.

장사를 하려면 회전률이 좋아야 한다. 유저들이 오래 사는 것보다 초반에 멋도 모르고 죽어줄수록 길드의 매출이 올라간다.

살려고 길드의 물품을 구매할 테고 열이 뻗쳐서라도 몇 번이나 돈을 내고 불의 신전에 들어갈 것이다.

플레이포럼에 광고가 올라가고 며칠이 지날 때쯤, 불의 신전의 개방은 단번에 베스트 1위를 치고 올라갔다. 조회수와 댓글이 늘 때마다 칼튼 자작령을 찾아오는 유저의 숫자도 증가했다.

이처럼 불의 신전의 정보는 유저들을 타고서 대륙십강에게로까지 퍼져 나갔다. 뛰어난 아이템은 유저들에게 그 무엇보다도 대단한 값어치를 지닌다.

정상을 차지한 대륙십강에게도 히어로 아이템을 얻을 수 있다는 기회는 거절하기 어려운 매력으로 다가왔다.

그 때문에 대륙십강의 반가량이 불의 신전을 확인하기 위해 칼튼 자작령으로 움직였다. 그들 중에는 요즘 한창 영토 확장에 열을 올리는 바하무트도 속해 있었다. 어찌 보면 당연한 일이었다. 불의 정령들이 출몰하면 떨구는 아이템도 화속성 관련일 게 뻔했다.

고양이가 생선을 두고 그냥 갈 리가 있겠는가?

"와라, 와서 레벨이나 깎여라, 멍청이들아."

니쿠룸은 자신을 죽인 이그니스를 떠올렸다. 실전 경험이 풍부했음에도 그놈 앞에 서자 스스로 위축됨을 느꼈다.

최상위 몇 명을 제외하면 대륙십강의 수준은 거기서 거기였다.

299레벨에 오르고도 몇 분 만에 죽었으니 틀림없이 놈들도 이그니스를 만나서 발악조차 못 해보고 죽을 것이다.

"하하하하!"

니쿠룸은 재밌겠다는 듯 웃음을 터뜨리며 본격적으로 개방될 불의 신전을 떠올리곤 하루를 마무리했다.

*   *   *

웅성웅성.

북적북적.

불의 신전의 등장은 포가튼 사가 전역에 일대 파란을 불러일으켰다. 인구 몇 만의 중소도시에 불과하던 칼튼 자작령은 수십만 이상의 유저를 감당하지 못하고 포화 상태에 이르렀다. 이미 영지 내부 여관 등의 숙소는 장기 투숙을 원하는 유저들로 가득 찬 지 오래였다.

그뿐 아니라 화술이나 상술 스킬을 보유한 유저들은 NPC를 설득해서 주택에서의 주거를 허락받았다.

칼튼 자작령, 좀 더 나아가 투스반 왕국을 기반으로 플레이한다면 굳이 이렇게까지 공을 들일 필요는 없다.

그러나 멀리 떨어진 곳에서 활동하는 유저들은 오는 고생과 워프 포탈 비용이 만만치 않아 어떻게든 자리를 잡아야 했다. 그래야 지출을 최대한 줄이고 수익을 창출할 수 있었다.

"다음 100명, 입장료를 받겠습니다."

황금망치 길드원이 유저 100명을 지정하고 전체 거래를 설정했다. 그러자 한 명당 200골드, 총 2만 골드가 길드원의 인벤토리로 들어갔다.

'우리 길드장이지만, 참으로 대단하다.'

길드원은 니쿠룸의 상술에 놀라움을 금치 못했다. 하루에 벌어들이는 순수익이 250만 골드에 가까웠다. 이마저도 조금씩 늘어나는 실정이다.

불의 신전 내외부에 포진된 길드 소속 상인들은 그야말로 돈을 쓸어 담았다. 그 돈의 반은 니쿠룸의 주머니에 들어갔고, 나머지 반은 길드 재정과 길드원들의 월급, 물품 대금으로 빠져나갔다.

"수금 완료. 입장!"

길드원이 불의 신전으로 통하는 문을 개방했다. 유저들은 소문으로만 듣던 곳에 들어가려니 흥분됐는지 저마다 한마디씩 했다.

"드디어! 모두 죽여 버리겠어!"

"나 화속성 200 맞췄다. 녹여보자고!"

"아자!"

'멍청이들.'

길드원은 속으로 유저 개개인을 비웃었다. 행동만 봐도 불의 신전 경험자인지 초짜인지 대충 파악이 됐다. 저들은 후자, 즉 초짜였다.

생각도 없고, 장비는 수준 미달이다. 첫 번째 진입 장벽인 카사 부대를 만나는 순간 비명만 지르다가 타 죽을 것이다.

아니다. 화속성 저항 200을 맞췄다고 했던가??

황금망치단은 300을 맞추고도 금세 유령 집단으로 변했었다. 들어가자마자 강제 로그아웃은 따 놓은 당상이다. 아마 몇 번 경험하면 이곳이 어떤 곳인지를 알고 그제야 만반의 준비를 갖추겠지.

"힘내세요."

'다시 와라, 돈 덩어리들아.'

윗물이 맑아야 아랫물이 맑은 법이다. 니쿠룸의 물질만능주의 사상은 그가 이끄는 길드에도 악영향을 미쳤다. 고객이기에 웃으면서는 보내준다. 주머니에 빨대를 꽂고 빨아먹을 수 있을 때까지는 쪽쪽 빨아먹어야 했으니까.

그것을 아는지 모르는지 유저들은 하나둘 불지옥 속으로 몸을 내던졌다.

니쿠룸이 영주성의 최상층에서 개미떼처럼 몰려다니는 유저들을 관찰했다. 모두 제 죽을 줄 모르고 달려드는 불나방이었다.

"누적 골드가 3,000만을 넘었습니다."

"적군."

칼튼 자작령과 인근에 상주하는 유저들의 숫자와 비교하면 적은 편이었다. 본래라면 그 몇 배는 나와야 했다.

니쿠룸도 그 원인이 어디서 오는지는 잘 알았다. 한두 번 죽은 놈들이 포스나 레이드를 모집하며 몸을 사리기 시작했다. 소수로 들어갈 던전이 아님을 깨달은 것이다. 또한, 게임 좀 한다하는 놈들은 바로 몸뚱이를 들이밀지 않고 정보 수집에 열을 올렸다.

"이제 곧 한계치에 다다르고 줄어들 겁니다."

"그러다가 안정기에 접어들겠지."

어떠한 사업도 끊임없이 수익을 창출해 낼 수는 없다. 한계가 존재하게 마련이고 그 한계를 찍으면 서서히 내려간다.

"그 기점을 한 달 후로 보고 있습니다."

"안정기에 도달했을 때부터의 예상 수익은?"

"신규 유저들의 유입을 계산하면 달에 1억 골드 정도는 나올 것 같습니다."

1억 골드는 현금으로 100억이다. 니쿠룸의 지분이 50%니, 달에 50억을, 일 년에 600억을 버는 것이다.

"좋아!"

니쿠룸은 문득 포가튼 사가가 세상에 처음 나타났을 때가 생각났다. 그때만 해도 이리 대호황을 누릴 줄도, 게임을 통해 천문학적인 부를 축적할 거라고도 상상치 못했었다. 그런데 그가 해냈다. 당당히 대륙십강의 일원이 됐고 이제는 더욱 높은 곳으로 날아가고 있었다.

덜컹!

"길드장님!"

황금망치 길드의 간부 한명이 니쿠룸의 집무실 문을 급하게 열어젖히며 들어왔다. 니쿠룸은 간부의 행동을 나무라지 않았다.

"무슨 일이냐?"

"우, 울프 로드와 뇌전의 군주가 왔습니다!"

"푸하하하! 왔구나, 왔어!"

간부의 말은 끝난 게 아니었다. 그는 재차 말을 이었다.

"그, 그리고, 헬렌비아 쪽에서도……."

"헬렌비아? 그년들도 왔다고?"

"둘 다 오지는 않고 한 명만 왔습니다."

헬렌비아 쪽에도 각각 랭킹 6위와 니쿠룸 때문에 7위에서 8위로 밀려난 대륙십강의 두 명이 존재했다.

"거물들이 오셨는데, 친히 마중 나가야겠지?"

니쿠룸은 오랜만에 볼 얼굴들을 떠올리니 들뜬 기분을 감출 수 없었다.

"아, 헬렌비아에서는 누가 왔지?"

그가 간부를 보며 물었다. 둘 중 한 명은 대하기가 편했고 한 명은 재수가 없었다. 이왕이면 대하기 편한 쪽이 왔으면 싶었다.

"그⋯⋯."

"에이."

간부가 말끝을 흐리자 뜻을 알아챈 니쿠룸이 혀를 찼다. 재수 없는 쪽이 온 것이다. 그녀와는 말 자체를 섞지 않는 게 이로웠다.

화병에 골로 갈 수도 있으므로.

*   *   *

윤기가 흐르는 은발에 가죽 갑옷을 걸친 덩치 좋은 사내와 그 사내의 어깨에 앉아 있는 페어리족의 요정이 유저들의 시선을 독차지하고 있었다.

유저들이 인산인해로 붐빔에도 둘이 지나가는 공간이 모세의 기적처럼 좌우로 활짝 열렸다.

"대, 대륙십강⋯⋯."

"랭킹 5위 울프 로드다!"

"스, 스라웬! 랭킹 9위 스라웬도 있다!"

동영상으로만 보던 유명 인사를 실제로 보게 된 이들이 호들갑을 떨며 소리 질렀다. 그에 쿠라이가 눈을 부라리며 으르렁댔다.

"시끄러워! 사람 처음 봐?"

하울링이 섞인 쿠라이의 포효에 유저들이 질겁하며 그에게서 멀리 떨어졌다. 듣는 것만으로 상태 이상에 걸렸기 때문이다.

딱!

스라웬이 앙증맞은 주먹으로 쿠라이의 머리를 쥐어박았다.

"아파!"

"거짓말 할래? 데미지 1 달았거든?"

"아니, 마음이 아프다고……."

쿠라이가 기죽은 표정으로 스라웬의 눈치를 살폈다.

"유저들 겁주지 마. 놀랄 수도 있지 사람이 쪼잔하게."

스라웬이 나무랄수록 쿠라이의 덩치가 줄어든다는 착각이 들었다. 그만큼 그녀에게 주눅이 든 것이다.

"알았어. 근데 정말 시끄럽다고."

"어쩔 수 없잖아. 포가튼 사가는 전 세계 수억 명이 즐기는 게임이야. 우리는 그중에서 가장 강한 10명이고."

유명한 운동선수, 가수, 배우들은 나라마다 몇 명씩, 혹은 수십 명씩 존재한다. 그렇지만 대륙십강은 단 10명뿐이다. 그들의 영향력은 게이머들 세계에서는 절대적이었고 이런 인기는 가상과 현실의 경계를 무너뜨렸다.

대여섯 살 먹은 아이도 자기네 나라 대통령 이름은 몰라도 대륙십강의 이름과 칭호는 줄줄이 외울 정도였다.

"그동안은 장난으로 황금충, 황금충 했는데, 이걸 보니, 정말 황금충으로 보여."

쿠라이가 칼튼 자작령을 보고 느낀 첫 감상평을 말했다. 스라웬도 그 점에 관해서는 동의했다. 그녀도 니쿠룸의 사업수단이 대단한 건지 돈독에 오른 건지 사뭇 헷갈렸다.

"누가 올까?"

쿠라이가 말하는 누구는 대륙십강이다.

"음, 이사벨라, 타마라스, 라이세크는 잘 모르겠고, 헬렌비아 애들하고 바하무트와 슈타이너는 올 것 같아. 특히 바하무트는 반드시 오겠지?"

대륙십강이라도 서로 행적을 공유하지는 않는다. 누가 오고 마는지는 정작 마주하기 전까지 알 수 없었다.

"슈타이너는 꼭 왔으면 좋겠어."

다른 놈들은 오든 말든 관심 없었다. 쿠라이의 관심은 오로지 슈타이너에게 쏠렸다.

"설욕전이라도 하게?"

"당연하지! 똑같은 299라면 지지 않아!"

"그런가?"

스라웬이 고개를 갸웃거렸다. 과거 슈타이너와의 대결 당시 둘의 레벨 차이는 고작 5~10 사이였었다.

차이가 있는 건 분명한데, 선뜻 말을 꺼내기가 애매했다.

"흥! 꼭 이겨주마!"

"어련하시겠어요.……."

띠딩!

알림음이 들리며 쿠라이와 스라웬의 월드 맵에 니쿠룸이라
는 파란색 점이 찍혔다.

"황금충이 온다."

"니쿠룸 앞에서 그 소리 하지 마. 싸움 나니까."

"내가 이겨!"

"지금 이기고 지는 게 문제야? 시비 걸지 말라고!"

스라웬은 바보 같은 남편을 어찌해야 할지 고민하면서 점차
다가오는 니쿠룸에게 정신을 집중했다.

"비켜라! 니쿠룸 님이시다!"

"길을 열어라!"

우루루루!

쿠라이와 스라웬의 정면에서 길이 열리며 골렘 마스터 니쿠
룸과 황금망치단이 걸어 나왔다.

"오랜만이군. 쿠라이, 스라웬."

한껏 으스대는 모습.

건방이 하늘을 찌르는 니쿠룸이 하찮은지 쿠라이가 콧방귀
를 뀌었다. 그에 스라웬이 인사를 대신해서 받아줬다.

"오랜만이에요, 니쿠룸."

"무슨 일이지? 졸개들을 줄줄이 이끌고."

황금망치단은 자신들을 졸개로 비하하는 쿠라이를 노려봤다.

"눈 깔아라. 뒈지고 싶지 않으면."

쿠라이는 타마라스 다음으로 니쿠룸을 싫어했다. 그나마 스라웬이 있었기에 이쯤에서 그친 거다.

"너희는 그만 가라."

니쿠룸이 피식 웃으며 황금망치단을 돌려보냈다. 그가 황금충으로 불리듯 쿠라이도 울프 로드 대신 미친개로 통했다.

미친개에게 물리면 약도 들지 않는다.

"성격은 여전하군."

"사람 성격이 변하면 어디 오래 살겠어?"

"쿠라이 그만해. 니쿠룸, 무슨 일이시죠?"

"다른 유저들은 몰라도 대륙십강이 왔으니 얼굴이라도 비추는 게 예의라고 생각했다."

"고마워요."

스라웬도 이해한 눈치였다. 서로 아는 체할 필요는 없지만 반대의 상황이었다면 그녀와 쿠라이도 니쿠룸을 보러 왔을 것이다.

"다른 십강은? 우리만 왔나?"

"레이란도 왔다."

"으힉!"

쿠라이가 레이란이라는 이름에 소리에 질겁했다. 그는 대륙 십강 중에서 한 명을 무서워했고, 두 명을 싫어했으며, 한 명을 껄끄러워했다. 무서워하는 자는 스라웬이고 싫어하는 자는 타마라스와 니쿠룸이었다.

그리고 껄끄러워하는 자는…….

랭킹 6위 혹한의 마녀 레이란.

스라웬과 같은 페어리족 유저로 헬렌비아 제국의 후작이자 얼음을 자유자재로 다루는 빙속성 원소술사였다.

"레이란, 그녀가 왔나요?"

스라웬이 반가운 표정으로 말했다. 둘은 초보자 때 같이 사냥하며 제법 친분을 쌓았다. 그러다가 그녀와 쿠라이가 칼베인, 레이란이 헬렌비아의 귀족이 되면서 의도치 않게 서로 갈라졌다.

"마녀는 불의 신전으로 들어갔다."

"어쩐지, 친구 찾기에 뜨지 않는다고 했어요."

이 근처에 있었다면 스라웬의 월드 맵에 떠야 한다. 뜨지 않는 걸 보니 니쿠룸의 말대로 불의 신전에 들어갔나 보다. 던전에 들어가거나 먼 거리에 떨어져 있으면 서로 친구라도 표시되지 않는다.

"걱정 마라. 곧 나올 테니."

혹한의 마녀가 제아무리 강해도 혼자서는 불의 신전에서 자유롭게 움직일 수 없다. 행여나 신전에 들어가서 이그니스를 만나면 반드시 죽는다.

"성으로 가지, 머물 곳을 찾을 수 없을 거다."

"거절하지 않을게요."

니쿠룸이 안내하겠다는 듯 자신의 성으로 이동했다. 스라웬도 쿠라이와 함께 갔다.

"아아아아… 마녀가 둘이라니……."

쿠라이는 스라웬과 레이란이 만나 자신을 갈굴 것을 생각하며 끔찍함에 몸서리쳤다.

*　　*　　*

"정말 안 갈 거야?"

"죄송해요. 조금만 더 노력하면 창술의 대가를 완료할 수 있을 것 같아요."

불의 신전의 발견 소식을 접한 바하무트는 그곳으로 가기 위한 준비에 들어갔다. 언제나처럼 준비를 끝내고 슈타이너에게 같이 가자 말했는데, 그가 거절해서 계속 설득 중이었다.

"창술 숙련도 몇인데?"

"82.8%요."

"헉!"

바하무트가 헛숨을 들이켰다. 불과 3달 전만 해도 슈타이너의 창술 숙련도는 고급 33.6%였다. 노력하고 있다는 건 알았지만, 50%가까이 올렸을 줄이야.

이대로라면 한 달 반 후에는 창술의 대가를 완료하고 라미아 족장의 부러진 창 하나만 남게 된다.

"바하무트 님, 슈타이너 님을 이해하시고 이번에는 혼자 다녀오세요."

옆에서 상황을 지켜보던 브레인이 거들었다. 슈타이너는 갈 생각 자체가 없었다. 바하무트는 어쩔 수 없다는 듯 그러겠다고 대답했다.

"알았다. 형이 꼭 아이템 업그레이드해서 돌아올게."

불의 신전의 등급은 절망이다. 화속성 계열 히어로 아이템을 얻을 절호의 기회였다.

바하무트의 현재 325레벨이다. 300벨을 넘기고부터는 레벨업이 굉장히 더뎠다. 더군다나 시간이 지나면 지날수록 장비의 부실함이 체감으로 느껴졌다.

화속성으로 도배된 올 유니크라도 슈타이너의 3차 전직과 곧 다가올 장군 퀘스트 등을 대비하려면 그전에 어떻게든 바꿔야 했다.

레벨업은 어려우니 아이템 빨이라도 내세워야지 않겠는가?

"브레인 님, 영지를 잘 부탁드립니다."

"걱정 마세요. 무럭무럭 잘 크고 있으니까요."

그동안 아마란스 영지는 장족의 발전을 했다. 푸른색 지역의 토벌이 끝나고 대대적인 공사가 진행 중이었다. 영토가 몇 배로 넓어졌고 그 덕분에 완벽한 후작령을 넘어 준공작령에 들어섰다.

영토 확장은 끝났지만 흡수하고 발전시키려면 아직 시간이 필요했다. 그리고 바하무트는 남는 시간을 이용해 불의 신전을 공략할 속셈이었다.

"그럼, 모두 나중에 봅시다."

"다녀오세요, 바하무트 님."

"형, 다녀오세요."

파팟!

마중은 받은 바하무트가 아마란스 영지의 워프 포탈을 타고 투스반 왕국으로의 이동을 시작했다.

＊　　　＊　　　＊

포가튼 사가의 워프 포탈은 현실에서의 비행기나 기차보다 훨씬 간편하고 유용하다. 바하무트는 고작 반나절 만에 루펠린에서 수천 킬로미터나 떨어진 투스반에 발을 들여놨다. 걸어가는 것조차 귀찮아서 가까운 거리도 워프 포탈의 도움을 받았다. 지출된 비용만 3만 골드 가까이 됐다.

이쯤이면 어지간한 레어 아이템을 맞추고도 남을 정도였다. 서민 유저들이 봤다면 게거품을 물었을 것이다.

파파파팟!

칼튼 자작령의 중앙에서 빛이 번쩍이며 은신의 망토를 뒤집어쓴 바하무트가 나타났다. 그의 주변으로 속속들이 유저들이 도착하고 있었다. 불의 신전에서 한탕 하겠다는 생각은 바하무트만 하는 게 아니었다.

허황되냐, 허황되지 않느냐의 차이일 뿐이지.

"으아아악!"

"짜증 나! 몇 번째냐고!"

"아오!"

불의 신전에서 죽었던 유저들이 되살아나며 악에 받친 듯 온갖 욕지거리를 내뱉었다. 강제 로그아웃된 지 하루가 지났는데도 화가 안 풀리나 보다.

"무슨 몬스터가 천 마리 이상 튀어나와? 한 개 레이드가 5분 만에 전멸했어! 이게 무슨 개 같은 경우야!"

"몬스터는 둘째 치고 화속성 저항부터 답이 없어요. 최소 300대는 맞춰야 하는데, 화속성 관련 매직 풀 세트를 입어도 200대 중반이 고작이에요. 레어 몇 개라도 껴야 그나마 타 죽지를 않아요. 던전 밸런스가 붕괴네요. 서민은 들어가지도 말라는 건가?"

'절망이 괜히 절망인 줄 아나? 너희들이 들어가서 휘저을 수준이면 없는 게 낫겠다.'

바하무트는 유저들의 불평불만을 들으며 그들의 사고방식 자체가 잘못됐음을 느꼈다. 장비를 보건대 150레벨에서 ±10레벨 언저리였다. 악몽 던전에 던져 놔도 금세 죽을 만큼 약한 이들이 적정 레벨 300이상의 던전에서 대체 무엇을 바라는 것일까?

바하무트는 자신들의 잘못은 고려하지 않고 신세 한탄만 하는 이들을 한심하게 쳐다보고는 불의 신전 쪽으로 움직였다.

'몬스터도 대규모로 출몰하고, 환경도 유저들에게는 악조건이군.'

곳곳에서 들려오는 유저들의 원성에는 간혹 쓸 만한 정보도 있었다. 대체적으로 출몰하는 몬스터의 숫자와 화속성 저항의 적정 수치가 주를 이뤘다.

솔직히 바하무트에게는 환경의 영향은 무의미했다. 그의 캐릭터는 불의 축복을 받고 태어난 레드 드래고니언이었다. 더군다나 화속성 강화와 저항을 동시에 올려주는 화룡의 영혼 숙련도가 특급에 오른 지가 옛날이다.

3차 전직 이후 고룡이 된 그의 기본 화속성 저항은 2,000. 화속성 특화 올 유니크에 용투기를 덧씌우면 5,000이 넘어간다.

그 어떤 불꽃도 그의 육체에 해를 입히지 못할 거라고 장담했다.

"어휴… 이게 줄이야? 장난이지?"

바하무트는 불의 신전으로 들어가는 광산 입구를 보며 입을 쩍 하고 벌렸다. 족히 몇 만 명가량의 유저가 자신의 차례가 오기를 기다리고 있었다.

"기다릴 수 없어. 이건 악몽이야. 방법이 없을까?"

"저기요, 돈 많으시면 황금망치 길드원을 부르세요."

"네?"

바하무트의 혼잣말을 들은 뒤쪽의 유저가 그에게 말을 걸었다.

"불의 신전에 빨리 들어가고는 싶고, 그렇다고 기다리기는 싫고, 방법은 하나죠. 황금망치 길드원 불러서 돈 더 내고 들어가면 되요."

"아하!"

바하무트가 표정이 환해졌다.

"그런데, 줄이 이 정도면……."

"저기요!"

바하무트가 유저의 말을 무시하고 황금망치 길드원을 불렀다. 그들은 곳곳으로 퍼져 있었기에 금세 소리를 듣고 찾아왔다.

"무슨 일입니까."

"먼저 들어가고 싶습니다. 얼마를 내야 하는지?"

"머, 먼저 들어간다고요?"

'미친, 장난해?'

길드원은 바하무트의 행동에 잠시 당황하며 광산 쪽에서부터 이곳까지 이어지는 줄의 길이를 계산했다.

"한 사람을 제치는 데 1골드가 들어갑니다. 저희가 대충 100명에 한 명 꼴로 서 있으니까……."

"이거면 됩니까?"

바하무트가 길드원에게 거래를 걸어 2만 골드를 올려놨다.

"어, 아, 자, 잠시만 기다려 주세요!"

길드원은 불의 신전을 책임지는 간부에게 음성 대화를 날렸다. 몇 마디가 오가고 2만 골드를 받고서 들여보내 주라는 답이 날아왔다.

좌르르륵!

바하무트와 거래가 끝난 길드원은 그를 이끌고 줄의 앞자리로 안내했다.

'미친놈이야? 부자야?'

기다리는 게 귀찮아서 2만 골드를 투척했다. 미친놈이란 건 부러워서 한 소리고 부자가 틀림없었다.

그러고 보니 며칠 전에도 이 같은 일이 있었었다. 지금보다 금액은 적었지만 그때도 한 5,000골드를 받고 페어리족 유저 한 명을 입장시켰다고 들었다.

"뭐냐, 저 사람?"

"줄을 얼마나 건너뛴 거야?"

유저들의 수군거림을 뒤로한 바하무트가 불의 신전으로 통하는 입구로 다가갔다.

'여긴가?'

뜨거운 열기가 느껴졌다. 왠지 모를 포근함에 정신이 맑아졌다.

경계를 넘어서면 불의 신전(절망)에 입장하게 됩니다.

당신은 불의 신전에 입장할 자격을 충분히 갖추셨습니다. 종족 특성과 화속성 친화력 산정 결과, 입장 시 본신 능력이 50% 증가합니다.

'그럴 줄 알았지.'

바하무트는 먼 예전에도 화속성 던전을 들어가 본 적이 있었다. 시련에 불과했지만 그때도 본신 능력이 증가했다.

능력치 증가와 능력 증가는 다르다. 능력치는 근력 등의 포인트만 오르지만 능력은 속성을 포함한 전체가 오른다. 모르긴 몰라도 지금이라면 아쿠락트와 싸워도 밀리지 않을 것이다.

화르르륵!

바하무트가 화염에 휩싸이며 불의 신전 속으로 사라졌다.

"길드장께 내 말을 똑똑히 전해라."

불의 신전을 책임지는 간부는 바하무트가 들어가자마자 휘하 길드원을 불러 니쿠룸에게 말을 전할 것을 명령했다.

"폭룡왕 바하무트가 불의 신전에 입장했다고."

*   *   *

"바하무트 놈, 예나 지금이나 은신의 망토를 너무 맹신하는군."

니쿠룸은 대륙십강 중에서 자신을 거치지 않고 불의 신전으로 들어가려는 놈들이 있으리라 예상했다.

그렇기에 길드원들에게 주의 깊게 관찰하라며 그들의 특징에 관해서 자세하게 교육시켰다. 바하무트는 은신의 망토를 껴안고 산다.

예의 바른 말투와 돈의 가치를 길바닥 돌멩이처럼 아는 놈은 그가 유일했다. 본래 있는 놈들은 기다리는 법은 모른다.

혹한의 마녀 레이란이 그랬고, 폭룡왕 바하무트도 기대에 부흥해줬다.

"슈타이너는? 바하무트가 왔으면 슈타이너는?"

니쿠룸의 집무실에는 그만 있는 게 아니었다. 쿠라이와 스라웬도 그와 함께 보고를 들었다.

"같이 들어놓고도 모르나? 안 왔다는 걸?"

"왜! 왜, 안 왔어? 평소에는 거머리처럼 붙어 다니는 놈들이!"

"그걸 지금 나한테 물어서 어쩌자는 거지? 슈타이너가 오지 않은 게 내 잘못인가?"

"아니, 뭐, 꼭 그렇다는 건 아니고……."

쿠라이의 어깨에 앉아 있던 스라웬이 손으로 이마를 감쌌다. 사랑하는 남편이라도 이럴 때는 부끄러워서 견딜 수가 없었다.

"나까지 포함하면 이곳에 모인 대륙십강은 다섯, 반이 오지 않았군."

최상위 랭커 중에서는 바하무트 혼자만 왔다. 2, 3, 4위는 어디에 처박혔는지 코빼기도 보이지 않았다.

"폭룡왕과 혹한의 마녀라? …재미있는 조합이네."

쿠라이가 와인 잔을 빙글빙글 돌리면서 말했다. 그의 말마따나 화와 빙은 충돌하면 어느 쪽이 우위를 점할지 알 수 없는 극과 극의 속성이다.

그러나 여기에는 치명적인 오류가 존재했다. 그 오류를 니쿠룸이 지적했다.

"혹한의 마녀의 얼음으로는 바하무트의 손가락에서 피어나는 불도 얼리지 못한다."

레이란의 레벨은 299다. 바하무트가 몇인지는 알 수 없지만, 수십 차이에 불과할 것이다. 그럼에도 둘 사이에는 2차 전직과 3차 전직이라는 벽이 존재한다.

이는 절대 무너뜨릴 수 없는 철옹성이었다. 니쿠룸은 330레벨 화염의 이그니스에게 죽음으로써 그 차이를 몸으로 실감했다.

"니쿠룸, 괜찮겠어요?"

"무엇을 말이지?"

"좌절부터의 던전은 보스가 죽으면 폐쇄되잖아요. 바하무트는 3차 전직 유저예요. 어떻게 그리 여유롭죠?"

"후후후후!"

스라웬은 정답을 말했다. 악몽까지는 핵을 부수지 않는 한 몬스터가 무한정으로 재생성된다. 좌절부터의 던전은 보스가 곧 핵이었다.

바하무트가 불의 신전의 보스를 죽이면 그의 사업을 송두리째 날아간다.

"장담한다. 그곳의 보스는 폭룡왕이라도 죽일 수 없어."

"너 그러다 뒤통수 맞는다. 킥킥킥킥!"

쿠라이가 당해보라는 듯 그를 비웃었다. 니쿠룸은 비웃든 말든 신경 쓰지 않았다.

'화염의 이그니스? 그래, 어쩌면 바하무트의 실력으로 죽일 수 있을지도 모른다. 레벨도 얼추 비슷할 테고, 누구의 화염이 더 강하냐에 따라 먹고 먹힐 테니까.'

니쿠룸은 이그니스의 풀 네임에 주목했다.

불의 신전, 수문장 화염의 이그니스.

보스라면 지배자, 왕, 대족장 등이 붙어야 한다. 그런데 수문장? 신전 내부에는 들어갔지만 깊숙이 들어가지는 못했다. 필시 더욱 깊은 곳에 이그니스를 조종하는 진정한 왕이 잠들어 있을 것이다.

'공략을 알면 재미가 없겠지? 어디 너희가 어떻게 행동하나 지켜보마.'

악감정은 없었다. 그냥 보고 싶었다.

자신이 죽었던 때처럼 그 상황에 놓인 다른 대륙십강의 모습을.

19장
혹한의 마녀 레이란

　"와……."

　불의 신전으로 들어온 바하무트는 눈앞에 펼쳐진 광경에 넋을 잃었다. 던전인지 시장인지 분간하기가 어려웠다. 대도시까지는 아니더라도 어지간한 중소도시의 중앙 시장을 방불케 했다.

　"카사 사냥하실 딜러, 탱커 구합니다! 딜러는 빙속성, 수속성 우대! 탱커는 화속성 저항 400이상! 몸빵하시면서 도발만 걸어주시면 됩니다!"

　"상급 화속성 포션 대량으로 구매합니다! 파실 분!"

　"화속성 매직 풀 세트, 따뜻한 병사의 의지팝니다!

　아무래도 던전의 속성이 불에 치중되다 보니 그에 관련된 외침들이 대부분을 차지했다.

'절망이라서 그런가? 안전지역의 규모도 방대하다.'

시련이나 악몽등급 던전의 안전지역은 평균 가로세로 20~50미터 사이에서 그친다. 좌절은 그보다 2~3배 정도 더 넓은데, 절망도 그에 비례해서 적용됐는지 안전지역이 작은 마을 하나만 했다.

'상권은 황금망치 길드의 독점이군.'

휴식을 취하거나 움직일 공간을 제외하면 황금망치 길드의 이동 상점이 안전지역 전체에 꽉 들어차 있었다. 가격도 생각보다 저렴해서 유저 같은 자영업자들은 아예 장사가 불가능하게끔 해놨다.

좋든 싫든 황금망치 길드의 이동 상점을 이용하는 수밖에 없었다.

물량으로 밀어붙였기에 유저들은 속수무책이었다. 이럴 때 보면 니쿠룸도 참 머리가 좋았다.

"저 사람 은신의 망토 끼고 있네? 안 답답하나?"

"벗겨 버리고 싶어!"

유저들이 옆을 스쳐 지나가는 바하무트를 행색을 지적했다.

게임에서도 속성 저항이 환산되어 온도 차이를 느낀다. 불의 신전은 유저들에게 찜통에 갇힌 듯 짜증 나는 더위를 선물했다.

은신의 망토를 썼다고 더위를 더 느끼거나 덜 느끼지는 않아도 사람의 심리란 게 오묘해서 시각 효과를 무시하지 못한다.

'나도 답답해, 이 사람들아.'

바하무트도 그들처럼 답답했다. 화속성 저항 덕분에 덥지도 춥지도 않았다.

그러나 더위하는 사람들 틈바구니에서 껴 있어서인지 심리적 측면에서는 똑같았다.

벗지 못하는 이유는 하나.

이 좁은 공간에서 정체가 발각되면 유저들이 벌 떼처럼 몰려들 것이다. 복잡한 건 질색이었다.

"후아!"

안전지역에서 빠져나온 바하무트가 숨을 내뱉으며 망토를 벗었다. 이글거리는 아지랑이 너머로 흐릿한 건축물이 보였다.

저곳이 바로 불의 신전이었다.

"뚫리지 않게 조심해!"

"막아! 막으라고!"

"으악! 이러다가 또 죽겠어!"

수백 마리의 카사에게 둘러싸인 유저들이 고전하고 있었다. 2개 포스나 모였는데도 끊임없이 밀려드는 불덩이들에게 농락당했다.

폭화 언령술 : 삼 조합 스킬.

일백 백(百), 불 화(火), 구슬 주(珠).

백화주(百火珠) : 백 개의 불꽃 구슬.

백화주가 카사 부대의 사이사이로 파고들었다. 스킬과 몬스터의 경계가 애매했다. 뭐를 봐도 그게 그거였다.

콰콰콰쾅!

백화주가 폭발하며 카사들을 집어삼켰다. 불과 불이 동일 속성이라도 엄연히 서열이란 게 존재했다. 불의 하급 정령 따위가 고룡의 폭염을 견딘다는 건 어불성설이었다.

"어어?"

"다, 다 죽었어?"

유저들이 당황하며 이곳저곳을 쳐다봤다. 원인 모를 폭발에 휩쓸린 카사들이 전멸했다. 그들로서는 죽다 살아난 것이다.

"루팅 딜레이 때문에 아이템이 안 주워져!"

몬스터를 죽이면 가장 공적치가 높은 유저에게 30초간 루팅 우선권이 주어진다. 그렇다고 혼자서 죄다 독식할 수 있는 것은 아니었다. 두 번째로 높은 사람에게는 25초, 세 번째는 몇 초 등등으로 깎여 나간다.

어쨌거나 바하무트가 카사 부대를 전멸시켰기에 우선권이 있었지만 매직 아이템 몇 개 떨어진 게 전부였다.

있는 자의 자만심이라고 표현해도 할 말은 없다. 굳이 저기까지 아이템을 주우러 갈 필요성을 못 느꼈다.

터벅터벅!

바하무트는 계속해서 이동하며 죽을 위기에 처한 유저들을 구해줬다. 폭화 언령술은 그의 용투력이 허락하면 수백 미터 거리에서도 사용할 수 있었다.

딱히 거리가 정해져 있는 건 아니었다. 목숨을 구원받은 유저들은 하나같이 신기해하며 두리번거림에도 바하무트를 발견하지 못했다.

불의 신전 전역에서 발생하는 아지랑이 현상 때문이었다. 오러를 운용해도 시야 확보가 쉽지 않았다.

"점점 유저 숫자가 줄어드네."

어떤 던전이든 내부로 들어가면 들어갈수록 난이도가 올라간다. 불의 신전도 마찬가지였다.

같은 카사의 영역이라도 출몰하는 숫자가 조금씩 증가했다. 포스 단위가 사라지고 한 곳에서 박혀 사냥하는 레이드만 종종 눈에 띄었다.

이런 곳에서는 훌륭한 지휘관을 만나야 오래 산다. 상황 판단 못하는 멍청한 놈을 만나면 강제 로그아웃이었다.

화르르륵!

한눈팔고 있던 바하무트가 카사 부대에게 포위당했다. 한참을 걸어도 그 영역이 그 영역이었다.

폭화 언령술 : 사 조합 스킬.

뜨거울 염(炎), 더울 열(熱), 땅 지(地), 옥 옥(獄).

염열지옥(炎熱地獄) : 뜨겁고 더운 지옥.

푸화아악!

염열지옥의 열기에 카사들이 동화되며 휩쓸렸다. 이곳에서 바하무트를 상대하려면 강한 소수여야 한다.

데미지를 주든가 데미지를 버텨야 한다. 약한 다수는 주지도 버티지도 못했다.

"가다 보면 나오겠지."

바하무트는 대충 돈이 될 만한 아이템만 주우면서 다음 지역으로 넘어갔다. 끝이 있는 이상 가다 보면 나올 것이다.

그가 원하는 무언가가.

*　　　*　　　*

순백의 얼음마법 : 1장 꿰뚫는 얼음가시.

파차차창!

수십 개의 얼음가시가 생성되며 사방에서 달려드는 샐러맨더들을 꿰뚫었다. 공격은 그것으로 끝나지 않았다.

순백의 얼음마법 : 2장 폭발하는 얼음입자.

파파파팡!

얼음이 폭발하며 불로 이루어진 샐러맨더의 육체가 수증기로 화해 증발했다. 범위 공격이었기에 밀집해 있던 모든 샐러맨더가 말려들었다.

"어떡하지."

불의 신전과는 어울리지 않는 순백색의 페어리.

혹한의 마녀 레이란이 마력 포션을 복용하며 중얼거렸다.

카사 지역을 넘고부터 샐러맨더들의 습격이 이어졌다. 한두 마리라면 몰라도 최소 백 단위로 몰려다녔다.

시련등급답게 상대하기도 까다로웠으며 시간이 지날수록 힘에 부쳤다. 벌써 며칠째 이곳에서 발이 묶여 전진하지 못했다.

니쿠룸은 대륙십강의 길드 동원을 막았다. 그들은 각자가 타국의 귀족이었다. 투스반 왕국의 입장에서 타국의 귀족이 수만 명씩 병력을 데려오면 침공으로 간주한다.

물론 데려오려고 잔머리를 굴리면 못할 것도 없다. 그런데 니쿠룸은 그런 상황까지 고려해서 사전에 차단시켰다.

그 결과, 헬렌비아 제국의 얼음 날개 길드장 레이란은 불의 신전에 홀로 찾아왔다.

"같이 왔으면 좋았잖아."

레이란이 표독스럽게 말했다. 제국에 남아 있는 그녀에게 같이 가자며 말했지만, 할 일이 있다며 거절했다. 둘이서 왔다면 공략은 못해도 이곳에서 쩔쩔매지는 않았을 것이다.

"스라웬과 쿠라이가 왔다고 했나?"

이곳에 들어오고 얼마 뒤, 플레이포럼에 스라웬과 쿠라이가 칼튼 자작령에 나타났다는 정보가 올라왔다.

스라웬과는 초보 시절을 같이 보냈기에 친분이 두터웠다. 쿠라이도 나름 괜찮은 편이었다. 파티 후에 셋이서 움직이면 샐러맨더 지역 정도는 손쉽게 뚫고도 남는다.

우웅!

투명한 날개를 흔든 레이란이 상공으로 떠올랐다. 불의 정령은 하늘과 지상의 경계가 없었다. 공중전과 지상전이 전부 가능했다.

"둘러보자."

이대로 돌아가기에는 아쉬웠다. 정면으로 갈 수 없다면 측면이라도 살펴봐야 속이 풀릴 것 같았다.

레이란은 샐러맨더에게 들키지 않도록 조심스레 움직였다. 파티를 맺기로 마음먹었으니, 도움이 될 만한 무언가를 찾는 데 주력했다.

"샐라스트?"

측면을 돌던 레이란의 시야에 악몽등급 250레벨의 셀라스트가 포착됐다. 주변에는 샐러맨더 10여 마리가 고작이었다.

차아아앙!

레이란이 마력을 운용했다. 셀라스트가 얼마나 강한지 몸으로 겪어볼 좋은 기회였다. 차가운 냉기가 발산되며 반경 5미터에 그녀만의 공간이 형성됐다.

빙속성은 화속성과 상성 관계에 놓임에도 환경 자체가 악조건이라서 이렇듯 활동할 여건을 만들어놔야 했다.

순백의 얼음마법 : 5장 빙결의 소나기 폭우.

후우우웅!

하늘에서 쏟아지는 미세한 입자가 샐라스트와 샐러맨더들을 뒤덮었다. 샐러맨더들은 대응하지 못하고 발버둥 쳤지만 셀라스트는 달랐다.

화르르륵!

전신이 타오르며 빙결의 소나기 폭우를 녹이고 레이란 쪽으로 수십 개의 불덩이를 쏘아댔다.

"확실히 악몽다워."

순백의 얼음마법 : 4장 차가운 한기의 얼음 보석.

퍼퍼퍼펑!

투명한 얼음 보석이 레이란을 감싸며 뜨거운 불덩이들에게서 주인을 보호했다. 폭발력이 제법 강했지만, 이 정도로는 끄떡없었다.

파앙!

레이란이 상공에서 떨어지며 공격에 가담하려는 샐러맨더들을 관통했다. 작디작은 요정이 하는 행동치고는 섬뜩했다.

저게 불의 정령이 아니라 뼈와 살로 구성된 몬스터였다면 뼈가 부러지고 살이 찢기는 그로테스크한 장면이 연출됐을 것이다.

뻐어어엉!

마지막 샐러맨더의 내부로 파고든 레이란의 마력이 팽창되며 풍선처럼 뻥 하고 터졌다.

그녀는 자신의 작은 몸을 이용할 줄 알았다.

콰아아앙!

터터터텅!

샐라스트의 주먹이 얼음 보석을 후려쳤다. 밀리는 충격에 레이란이 바닥에 처박히며 튕겨져 나갔다.

"네까짓 게!"

재차 달려오는 샐라스트를 본 레이란이 화를 냈다.

순백의 얼음마법 : 8장 얼음 깃의 소용돌이.

촤아아아!

작디작은 페어리의 몸에 어울리지 않는, 거대한 천사의 날개가 활짝 펼쳐졌다. 날개는 얼음으로 이루어졌는데, 깃 하나하나가 단검처럼 날카로웠다.

얼음 깃이 회전하며 샐라스트의 불꽃을 할퀴었다. 샐라스트 역시 지지 않겠다는 듯 화염의 브레스를 전방으로 뿜어냈다.

중앙에서 충돌했으나 혹한의 마녀는 250레벨 악몽등급에게 질 만큼 약하지 않았다.

쩌어어억!

날개깃이 하나씩 꽂히며 샐라스트가 브레스를 뿜어내던 그대로 얼어버렸다. 불조차 얼리는 레이란의 얼음은 절대영도에 미약하게나마 근접해 있었다.

"이런 놈들이 샐러맨더처럼 모인다면……."

대여섯 마리만 모여도 죽을 만큼 고생할 모습이 머릿속에 그려졌다. 확실히 혼자서는 여기까지가 한계였다.

"나가자마자 스라웬에게 연락해야겠어."

스윽.

레이란이 텔레포트 스크롤을 꺼냈다. 저장 목록 중 하나를 칼튼 자작령으로 해놨기에 찢기만 하면 된다.

몬스터가 당신을 주시하고 있는 관계로 텔레포트 스크롤의 사용이 불가능합니다.

흠칫!

순백의 얼음마법 : 4장 차가운 한기의 얼음 보석.

레이란의 행동은 재빨랐다. 얼음 보석을 사용함과 동시에 수백 개의 불덩이가 시야를 가득 채웠다. 아까와는 차원이 다른 공격에 그녀의 낯빛이 푸르죽죽하게 변했다.

쿠아아아아앙!

얼음 보석에 금이 가며 금방이라도 깨어질 듯 위태롭게 흔들렸다. 레이란은 마력을 전력으로 전개해서 끊이지 않는 폭격을 견뎌냈다.

"이, 이익!"

순백을 유지하던 그녀의 몸 곳곳이 시커멓게 그을렸다. 장비의 내구도도 급격하게 줄어들었다.

화르르륵!

12마리의 샐라스트가 레이란의 퇴로를 차단했다. 말은 통하지 않아도 지능적이란 것을 알 수 있었다.

"그래, 해보자."

텔레포트 스크롤의 사용이 불가능해졌고 도망칠 수도 없었다.

설사 도망쳐도 이미 어그로를 끌었기에 끝까지 쫓아올지도 모른다.

순백의 얼음마법 : 9장 빙하시대.

쩌저저적…….

촤아아아!

순백의 얼음마법 중에서 두 번째로 강력한 빙하시대가 뜨거운 바닥을 얼리며 범위를 넓혀갔다. 족히 30미터 가까이를 차가운 냉기의 공간으로 만들고서야 수그러들었다. 그러나 빙하시대는 종장을 사용하려면 필수적으로 펼쳐야 할 공식에 불과했다.

"바하무트, 그자에게 쓴 뒤로 종장을 써본 적이 없었어……."

하아아아…….

차가운 입김과 불의 신전은 어울리지 않았다. 샐라스트들도 위화감을 느꼈는지 사태를 주시했고 그녀의 입이 열리는 순간, 하늘에서 요정들이 강림했다.

*　　　*　　　*

바하무트는 카사 출몰 지역에서 샐러맨더 지역으로 넘어갔다.

몬스터의 등급과 레벨만 다를 뿐, 덤벼들면 죽이고, 계속해서 죽이는 단순 행동의 반복은 똑같았다.

신전의 모습은 보이는데 걷고 걸어도 가까워지지가 않았다. 날아갈까도 생각해 봤으나 그만뒀다. 매사에 여유를 갖는 게 여러모로 좋았다.

그러던 중, 레이드조차 발을 들여놓지 않는 깊숙한 곳에서 그녀를 발견했다.

"이야… 의외네?"

바하무트의 말투에는 의외라는 감정이 고스란히 담겨 있었다.

온통 붉은색으로 도배된 불의 신전에서 유독 새하얗게 빛나는 순백색의 페어리가 그의 눈에 띄었다.

"마녀를 이곳에서 보게 될 줄이야."

촤아아아!

얼음 깃의 소용돌이가 휘몰아치며 샐라스트를 얼려 버렸다.

250레벨의 악몽등급 몬스터를 저리 가볍게 상대하다니, 혹한의 마녀는 역시나 대륙십강의 일인다웠다.

"옛날 생각이 떠오르는군."

200레벨 중반 시절, 바하무트는 헬렌비아 제국에서 활동하는 두 명의 대륙십강과 동시에 싸웠었다.

그리고 둘 중 한 명이 레이란이었다. 악감정을 갖고 싸운 건 아니었다. 슈타이너가 한 말이 그녀들의 자존심을 자극했을 뿐이다.

'나보다도 약한 것들이, 너희 둘이 달려들어도 형 못 이길걸?'

그 당시의 난감함이란 이로 말할 수가 없었다. 쥐구멍이 있었다면 그곳으로 숨었을 것이다.

피하다가 지쳐 결국 PVP형식의 배틀 필드를 형성시켜 맞붙었다.

그 결과, 사 조합 스킬을 난발한 후유증으로 과부하에 걸려 본체가 강제로 풀렸었다.

이겼긴 이겼어도 전투 불능이 됐기에 까닥 잘못했으면 졌을지도 모른다. 어찌 됐든 그때의 일로 한동안 플레이포럼이 시끄러웠었다.

"어어?"

샐라스트 1마리를 없앤 레이란이 텔레포트 스크롤을 꺼내

들쯤, 그녀의 뒤쪽에서 무려 12마리의 샐라스트가 나타났다.

당연히도 텔레포트 스크롤은 사용불가.

샐라스트의 존재를 인식한 레이란은 또다시 전투에 들어갔다. 도망칠 생각이 없는지 죽기 살기로 싸워댔다.

"빙하시대?"

폭화 언령술과 비교하면 염열지옥과 비슷한 스킬에 속한다. 문제가 있다면 불의 신전은 빙하시대를 쓰기에는 최악의 환경이었다.

저 모습을 보라.

예전에 싸웠을 때도 반경 50미터를 얼음 세상으로 만들었던 빙하시대가 고작 30미터에서 그쳤다.

현재 레이란의 레벨은 299였다. 족히 70~80레벨은 높아졌을 텐데, 기도 펴지 못했다. 상성 관계의 속성이라도 어느 정도는 엇비슷해야 한다.

지금 같은 상황처럼 일방적으로 한쪽에 치우쳐지면 제 기능이 어려웠다.

"빙하시대가 저 꼴이면 종장의 위력도 알만하군."

얼음의 입자들이 한정된 공간에서 너풀너풀 흩날렸다. 그러다가 그 입자에서 레이란과 닮은, 작고 아름다운 요정들이 만들어졌다.

바하무트의 레이란의 입 모양을 따라 읽었다.

"순백의 얼음마법 종장, 얼음요정들의 행진."

마법과 소환술의 특성을 둘 다 띠고 있는 레이란의 오의.

수천 마리의 요정은 초급 수준의 빙계 마법으로 적을 괴롭힌다. 각각의 데미지는 보잘 것 없지만 중첩되면 몸서리칠 만큼의 파괴력을 내보인다.

유지 시간은 시전자의 마력 총량에 비례하며 시전 상태에서는 마력 포션을 복용하지 못한다. 그러다가 마력이 떨어지면 요정들이 마법으로 화해 적에게 달라붙는다. 저항력이 약하다면 요정이 달라붙은 즉시 상태 이상 빙결에 걸려 얼음 석상으로 돌변한다.

"요정이 아니라 악마야, 악마."

바하무트는 그녀와 싸웠을 때 얼음요정들의 행진에 생명력의 20%가 날아갔었다. 이것도 폭화 언령술로 데미지를 중화시키고서 받은 수치였다.

콰콰콰쾅!

샐라스트들이 몸을 불태우며 요정들을 향해 불덩이를 쏘아 보냈다. 레이란은 요정들이 죽든 말든 스킬의 유지에만 집중했다.

시전자만 무사하면 빙하시대 내부에서 끊임없이 되살아난다. 샐라스트들도 그러한 사실을 눈치챘는지 요정들을 무시하고 그녀 하나만을 노렸다.

그에 요정들은 몸을 희생해 레이란을 지키려는 방어조와 적을 섬멸시키려는 공격조로 나눠졌다.

"별로 내키지는 않지만, 도와줘야겠네."

우웅!

바하무트의 전신에 붉은빛이 감돌며 용투기가 전개됐다. 샐라스트는 250레벨의 악몽이다.

고룡의 폭염을 견디지는 못하겠지만 잔챙이가 아니라서 데미지 반감이 예상됐다. 전투의 소음을 듣고 찾아오는 놈들이 없게끔 일격에 보내 버려야 했다.

퍼퍼퍼펑!

샐라스트가 1마리씩 사라질수록 요정들의 숫자도 줄어갔다. 정확한 계산은 어려워도 샐라스트 몇 마리가 살아남을 것 같았다.

강력한 스킬 유지에는 과부하가 필수로 동반된다. 사용을 끝내고 포션을 복용해도 더는 전투를 진행할 수 없게 된다.

모른 척 넘어가면 백이면 백 강제 로그아웃이다.

"어쩔 수 없지. 인사나 하자."

바하무트와 레이란의 사이는 좋지도 나쁘지도 않았다. 다만, 그녀에 관한 소문이 편견을 만들었기에 거부감이 들 뿐이었다.

*　　　*　　　*

1ㅁ초 후 모든 마력이 소모되면 얼음요정들의 행진이 강제로 풀립니다. 육체 과부하의 영향으로 하루 동안 무기력 상태에 들어갑니다.

"안 돼! 조금만, 조금만 더!"

레이란은 자신을 보호하는 요정을 모두 공격으로 내보냈다. 생명력이 적은 원소술사의 행동치고는 굉장히 위험했다.

몇 방은커녕, 한 방만 제대로 맞아도 빈사 상태에 들어갈 것이다.

선택권이 없었다. 당장 샐라스트를 죽이지 못하면 10초 후에는 죽일 기회마저 사라진다. 100마리 정도 남은 요정이 3마리의 샐라스트를 막아섰다.

시전자가 힘을 잃으면 요정에게도 영향이 미친다. 불사신처럼 되살아나고 재생되던 요정의 신체가 더는 복구되지 않았다. 이것만 봐도 레이란이 지쳤다는 것을 알 수 있었다.

파아아앗!

스킬을 유지해 주던 마력 공급이 끊어지자 샐라스트를 공격하던 요정들이 빛이 번쩍이듯 분해됐다. 차가운 한기를 뿜어내던 빙하시대도 불의 신전의 열기에 흐물흐물 녹아내렸다.

"으윽!"

레이란은 다급하게 인벤토리에서 마법이 메모라이즈 된 스크롤과 포션 등을 꺼냈다. 살기 위해 발악하는 모습은 니쿠룸이나 그녀나 마찬가지였다.

죽으면 레벨이 깎인다. 레벨이 깎이면 뒤처진다.

무슨 뜻이냐고?

랭킹 1위부터 10위를 묶어 부르는 단어가 대륙십강이었다.

그런데 요즘 들어 그 경계가 희미해졌다. 바하무트를 제외하면 모두 299레벨에서 멈춰 버렸다. 랭킹 2위 소드 퀸 이사벨라의 행적이 묘연해서 그녀가 3차 전직을 했는지 안 했는지는 밝혀지지 않았다.

확인한 건, 3위 슈타이너까지는 아직 2차 전직 상태라는 것이다. 그의 레벨은 299다. 6위인 레이란도 299고, 7위인 니쿠룸과 8위의 그녀도 299였다.

하나같이 299의 벽에 막혀 전직하지 못하는 중이었다. 이런 현상이 지속되면 스라웬과 라이세크에게도 따라잡힐 것이다.

"죽을 수 없어!"

296이 되면 순식간에 랭킹이 6위에서 8위로 곤두박질친다.

더군다나 3차 전직 퀘스트의 4개 중 2개를 완료했다. 그 모든 게 수포로 돌아간다면 미칠 수도 있었다.

"죽지 않으면 되죠."

"……!"

레이란은 자신의 앞을 가리는 바하무트의 등을 쳐다보면서 멍한 표정을 지었다. 상황 파악을 못한 것이다.

폭화 언령술 : 사 조합 스킬.

미칠 광(狂), 불꽃 화(火), 용룡(龍), 울부짖을 후(吼).

광화룡후(火龍狂吼) : 광기 어린 화룡의 울부짖음.

크허허허허헝!

광화룡후가 터지며 전방의 대기가 밀려났다. 샐라스트들은 달려들던 자세 그대로 굳어버렸다. 폭화 언령술과 용마후의 특성을 섞은 스킬로서 막강한 데미지를 가졌을 뿐만 아니라 약한 적들에게 다양한 종류의 상태 이상을 부여한다.

오래전에 만들었지만 레벨이 낮을 때는 쓸모가 없었는데, 300레벨이 넘고부터는 그 효과가 탁월했다.

"바, 바하무트?"

"오랜만이네요, 레이란 님."

폭화 언령술 : 사 조합 스킬.
일천 천(千), 터질 폭(爆), 불화(火), 구슬 주(珠).
천폭화주(千爆火珠) : 터지는 천 개의 불꽃 구슬.

콰콰콰쾅!

바하무트가 레이란에게 인사하면서 샐라스트들에게 천폭화주를 날렸다. 이미 생명력이 상당량 깎였기에 그걸로 끝이었다.

"여긴 어떻게?"

"보스 잡으러 왔습니다."

바하무트는 숨김없이 말했다. 불의 신전을 찾아온 이유는 이곳의 보스를 잡기 위해서다. 더 자세하게 말하면 그놈이 토해낼 히어로 아이템이 욕심났다.

"아……."

"아이템 주우셔야죠?"

"고마워요."

레이란은 정신을 차리고 샐라스트가 떨군 아이템을 하나둘 주웠다. 유니크는 없어도 네다섯 개 정도의 레어가 떨어져 있었다.

탁.

"제 목숨 값이에요."

바하무트는 레이란이 주는 2개의 레어 아이템을 받았다. 받아도 그만, 안 받아도 그만이지만 깔끔하게 정리하는 게 속편했다.

"혼자 오셨습니까?"

"네, 그녀는 일이 생겨서 못 왔어요."

"흠… 실례지만, 불의 신전 방문 목적이 어떻게 되시나요?"

"바하무트 님이랑 같아요."

"허……."

바하무트는 난감한 표정을 지었다. 아직 이곳의 보스를 만나진 못했어도 레이란이 잡을 수준일 리가 없었다. 샐라스트 12마리에게 죽을 뻔한 그녀에게는 무리였다.

"그렇군요. 알겠습니다. 일단 돌아가서서 푹 쉬세요."

"자, 잠깐만요!"

레이란의 부름에 바하무트가 멈춰 섰다.

"할 말이 있으신가요?"

"신전, 신전으로 가시는 건가요?"

"네, 주변을 둘러봤는데, 딱히 건진 건 없거든요. 정석대로 신전 내부에 있는 것 같아서요."

레이란은 입술을 오물거리면서 말했다.

"하루, 하루만 기다려 주시면 안 될까요?"

"그게 무슨 말씀이신지?"

"제가 먼저 신전에 도전하고 싶어요."

레이란도 바하무트와 목적이 같았다. 그가 먼저 들어가면 목적을 못 이룰 가능성이 높았다. 그녀에게 필요한 건 화속성 아이템이 아니었다.

그 아이템으로 자신에게 필요한 빙속성 아이템을 교환하려 함이다. 얼토당토 안 된다고 생각하겠지만, 교환할 수 있는 기회가 우연찮게 찾아왔다.

"죄송합니다. 저도 필요한 거라서 양보하기가 어렵겠네요."

"파티는 어떠신가요? 값은 원하시는 대로 지급하겠습니다."

"저도 돈은 부족하지 않을 만큼 많습니다. 못 들은 걸로 하죠."

바하무트는 레이란의 이기심이 마음에 들지 않았다. 자신이 원하는 걸 얻으려고 타인의 우선권을 가져가려는 행동은 어떻게 봐도 좋게 볼 수 없었다.

"저는 히어로 아이템이 꼭 필요해요."

"이런 말씀까진 드리고 싶지 않았지만 어쩔 수 없군요."

바하무트는 곧바로 말을 이었다.

"300레벨 이상, 절망 등급의 몬스터를 혼자서 상대할 수 있다고 생각하십니까?"

바하무트가 상대했던 300레벨 이상의 존재 중, 가장 약했던 그레우스 공작만 해도 레이란에게는 난공불락의 철옹성이었다.

지금 그녀는 혹시 모른다는 생각을 품은 것이다.

"얼음요정들의 행진을 쓰고도 파티 수준의 샐라스트도 죽이지 못하셨습니다. 저를 예로 들어볼까요? 본체로 현신하지 않은 이 모습으로도 샐라스트 수십 마리 정도는 거뜬합니다."

바하무트는 불의 신전에 들어오면서 전체 능력의 50%가 증가했다. 만약 본체가 된다면 평소보다 반배 가량이 더 강해진다.

"대륙십강은 강합니다. 하지만 전지전능하지는 않습니다. 전지전능하다면 3차 전직을 할 필요가 없겠죠."

레이란은 말문이 막혔다. 바하무트의 말은 샐라스트에게 고전해 놓고 어디서 보스를 잡겠다고 설치냐는 식으로밖에 안 들렸다. 틀린 말은 아니었다. 속에는 그런 뜻도 내포되어 있었다.

"레이란 님을 헐뜯으려고 한 말이 아닙니다."

"저는 정말……."

레이란은 히어로 아이템이 필요하다는 말을 꾹 눌렀다.

"후우… 좋습니다."

"네?"

"우선권을 주겠다거나 파티를 하겠다는 말이 아닙니다."

"그럼 뭔가요?"

"한계를 느끼게 해드리죠."

바하무트는 보스와 싸우는 모습을 보여주기로 결정했다. 아무래도 스스로 포기하게 만들어야겠다.

자신의 한계를 느낀다면 제풀에 지쳐 쓰러지리라.

* * *

레이란은 조급했다. 3차 전직 퀘스트의 네 관문 중에서 3개는 어찌어찌 할 만했다. 그 증거로 2개는 이미 완료했다. 문제는 마지막이었다.

미노타우루스 킹의 뿔.

요정왕국 페이라인을 위협하는 미노타우루스 킹을 홀로 죽이란다. 멋모르고 도전했다가 힘에 부쳐 도망쳤다. 그렇다고 맥없이 당한 건 아니었다.

생명력의 반 정도는 깎았다. 레벨을 올리는 건 불가능했기에 장비 강화의 필요성을 뼈저리게 느꼈다. 대륙십강의 장비는 구하기 어려운 부위를 제외하면 대부분이 유니크이며, 레이란도 마찬가지였다.

어마어마한 자금을 투자해서 빙속성 계열 레어 최상급 아이템들을 구매했고, 수십 번을 실패하고서야 올 유니크로 만들었다.

다시금 이어진 몇 번의 도전.

실패했다. 20~30%의 생명력을 깎지 못해 제자리걸음을 반복했다. 여기서 시련이 다가왔다. 유니크의 위로는 히어로인데, 히어로 아이템을 가진 유저는 그녀가 알기로 없었다.

"어?"

아니다. 있다. 이제야 생각이 났다. 다모스 왕국 점령전의 공적 보상이 히어로 아이템이었다.

더군다나 그레우스 공작이 떨군 것까지 합하면 2개나 된다. 그리고 2개의 히어로 아이템을 지닌 존재가 바로 눈앞의 바하무트였다.

"바하무트 님?"

"네."

"실례지만, 다모스 왕국 점령전 공적 보상과 그레우스 공작을 죽이고 히어로 아이템을 얻으셨죠?

"그렇습니다."

바하무트는 숨기지 않았다.

어차피 퍼질 대로 퍼져서 숨겨봤자 속지도 않을 것이다.

"아!"

레이란의 안색이 밝아졌다. 바하무트가 원하는 건 화속성 관련 아이템이 분명했다. 그가 지닌 2개가 화속성이 아니라면 판매할지도 모른다.

"호, 혹시, 그 2개가 화속성 아이템이 아니라면 제가 구매할 수 있을까요? 값은 부르는 대로 드리겠습니다!"

"죄송합니다. 그건 어렵겠네요."

스킬 북 기가 블레이드는 바하무트의 손을 떠났고, 냉혈의 아즈란은 용족의 유산이라 타인에게 건네주기 꺼림칙했다. 필시 드래드누스로 가져가면 그에 합당한 보상을 받을 것이다.

"제발! 값은 부르는 대로! 100억이라도 드릴게요!"

"그레우스 공작이 떨군 건 스킬 북이었고 라이세크에게 줬습니다. 다른 하나는 용족의 유산입니다. 페어리족도 비슷한 퀘스트가 있겠죠? 이해하시리라고 봅니다."

"종족 퀘스트……."

레이란도 종족 퀘스트의 중요성을 잘 알았다. 보상도 뛰어났고 경험치도 쏠쏠해서 기회가 있다면 반드시 완료해야 하는 퀘스트였다.

하물며 히어로 아이템을 요구한다면…….

'하지만, 하지만!'

그럼에도 포기할 수가 없었다. 어디 욕심이란 감정이 사람 마음대로 조절되던가?

"등급이 등급이라, 가지고 다니지도 못하겠더군요."

냉혈의 아즈란을 보여줬다간 무슨 짓을 벌일지 장담하기 어려웠다.

겉으로 알려진 레이란의 게임 성향은 지극히 평범하다.

바하무트와 슈타이너처럼 매너를 중시하지도, 타마라스나 니쿠룸처럼 물불 안 가리지도 않는, 딱 중간이었다. 그렇기에 더더욱 위험했다.

어느 쪽을 선택할지 예측할 수가 없어서다.

다만 혹한의 마녀, 특히 마녀라는 단어에서 그녀의 독선적인 성격을 엿볼 수가 있었다.

포가튼 사가는 몬스터에게 죽을 경우 확률적으로 아이템을 떨군다.

바하무트는 컬렉션을 위해서라도 값비싼 천사의 구슬을 몇개씩 들고 다녔다. 천사의 구슬은 아이템을 지키는 일종의 수호부였다.

그러나 천사의 구슬로도 유저의 PK는 막지 못한다. PK로 죽으면 지닌 아이템 중 가장 좋은 아이템이 50% 확률로 떨어진다.

그렇기에 유저들은 항상 창고를 끼고 다녔다.

만약 레이란의 PK로 냉혈의 아즈란을 떨군다면? 그 즉시 얼음 날개 길드와의 전쟁이었다.

'무기력 상태니까.'

바하무트가 레이란을 데리고 다니는 이유였다. 멀쩡했다면 등 뒤에 두지 않았을 것이다. 안면은 있어도 절대적으로 믿을만큼 친한 사이는 아니었다.

"히어로 아이템을 파신다면… 슬픈 눈의 샤칸이 어디 있는지 알려 드리죠."

"슬픈… 눈의 샤칸이요?"

바하무트가 뜻밖이라는 듯 놀란 표정을 지었다. 비단 그가 아니더라도 놀랐을 것이다.

399레벨 울티메이트 마스터 슬픈 눈의 샤칸.

포가튼 사가에는 12명의 울티메이트 마스터가 존재한다. 그중 샤칸은 유일하게 소속이 없으며, 헬렌비아 제국의 솔레이온 공작과 함께 양대 산맥으로 불리는 검의 고수였다.

그는 무언가를 찾기 위해 포가튼 대륙을 바람처럼 떠돌았다. 수억 명이 플레이한다지만, 발견한 유저의 숫자는 몇 년이 지나도록 100명을 넘지 못했다.

샤칸은 유저의 수준에 맞는 아이템을 판매한다. 돈이 부족하면 교환도 가능했다. 아이템을 들고 다니는 이유를 물으면, 언제고 나타날 그것과 맞바꾸기 위해서라고만 대답했다.

그게 뭔지는 누구도 모른다.

그저 그가 걸어 다니는 보물창고라는 인식만이 뇌리에 남을 뿐.

"슬픈 눈의 샤칸… 일명 걸어 다니는 보물창고… 그가 제가 원하는 아이템을 판매하고 있어요. 그런데 돈으로는 안 팔고 동급의 히어로 아이템을 원하더군요."

아이템의 이름은 만년설의 정수.

아직까지 그 환상적인 옵션이 눈가에 아른거렸다.

"교환이군요."

"그래요. 교환이에요. 전전긍긍하던 사이, 불의 신전이 발견됐다는 소식을 들었고 한걸음에 달려왔어요."

만년설의 정수만 얻으면 미노타우루스 킹을 죽이고 3차 전직을 할 수 있었다. 그야말로 일석이조, 절대로 놓칠 수 없었다.

"동급의 아이템 교환이라면 제가 도와드릴 수는 없겠네요."

"아, 아니에요! 조건은 각각 달라요! 돈을 원하기도 하고 다른 걸 원하기도 해요!"

"아쉽지만 저에게는 해당사항이… 히어로 아이템이 여러 개도 아니고… 못 들은 걸로 하겠습니다."

바하무트는 그리 말하고는 귀를 닫아버렸다. 그의 행동에 레이란이 이를 악물었다.

'물러설 수 없어.'

어떻게든 히어로 아이템을 얻어야 했다.

방법이 좋든 나쁘든 간에.

* * *

"여긴가?"

바하무트는 반나절을 걷고서야 불의 신전의 계단 방향까지 접근할 수 있었다. 이곳까지 오느라고 수십 마리 단위로 출몰하는 샐라스트들과 죽도록 싸워댔다.

확실히 몬스터가 강해서인지 상대하기가 까다로웠다. 떼로 달려들면 생명력이 죽죽 빨려 나갔다.

절망 등급 던전의 중심까지 오는 데 반나절이라면 짧아도 너무 짧은 편에 속한다. 레이란만 해도 며칠을 고생했지만 고작 샐라스트가 출몰하는 초입부에서 막히지 않았던가?

바하무트도 3차 전직을 하지 못했다면 마찬가지로 쩔쩔맸을 것이다. 도저히 2차 전직의 수준으로 뚫을 곳이 아니었다.

"늦지 않으셨습니다. 돌아가세요. 지금부터는 보호해 드리지 못할 겁니다."

"괜찮아요. 죽어도 제가 죽으니 신경 쓰지 마세요."

"뭐… 그렇다면야……."

슬픈 눈의 샤칸에 관한 정보 거래를 거절했을 때부터 레이란의 말투가 차갑게 돌변했다. 바하무트는 그녀가 화가나서 그러는 거라고 생각했다.

대륙십강은 자존심이 강하다. 한 수 접고 들어가 줬는데 결과가 나빴으니 그럴 만도 했다.

'강해. 이게 3차 전직의 힘? 본체로 현신하지 않고 샐라스트 수십 마리를 혼자서…….'

레이란은 더는 놀랄 기운도 없었다. 자신은 12마리도 못 죽이고 죽을 뻔했다. 그런데 바하무트는 인간 상태로 수십 마리를 단독으로 쓸어버렸다.

물론 포션을 복용하고 스크롤로 도핑을 해댔지만 스스로 강하지 않으면 도루묵이었다.

욕심이 났다. 그의 강함이, 장비가, 모든 것이 욕심이 났다.

갑작스레 옛 기억이 새록새록 떠올랐다. 그녀와 함께 둘이 덤볐음에도 바하무트 하나를 이기지 못했다.

'나도 3차 전직만 하면!'

유저들은 대륙십강 중에서 바하무트와 이사벨라를 제일로

친다. 좀 더 범위를 넓히자면 슈타이너와 타마라스, 쿠라이를 상위권에 넣고 나머지를 아래로 쳤다.

자존심이 뭉개졌다. 스스로 누군가를 위에 올려놓은 적이 없었다. 숫자 놀음에 불과한 랭킹과 남들이 정해준 기준에 맞춰 살았다.

그러나 이 모든 억울함이 히어로 아이템 하나를 얻음으로써 종결된다. 다소 늦더라도 바하무트 다음으로 3차 전직을 하면 랭킹 2위가 된다.

더 나아가 그와 어깨를 나란히 할 수 있었다.

"잠시."

레이란의 상념이 깨어졌다. 불의 신전의 계단을 넘으려던 바하무트가 움직임을 멈췄기 때문이다.

"조용하네."

바하무트가 거대한 불의 신전 곳곳을 훑어봤다. 폭풍 전야의 전초전처럼 조용했다. 꼭 이러다가 한꺼번에 튀어나와서 사람을 괴롭힌다.

"기다리세요. 제가 먼저 들어가 보겠습니다."

"같이 가요."

바하무트는 자신에게서 떨어지지 않으려는 그녀에게 말했다.

"레이란 님, 실례지만 빙속성 저항 몇이세요?"

"마력 운용이 불가능해서 증폭시킬 수는 없지만 700 가까이 되네요."

'괜찮겠네.'

다 그런 건 아니더라도 속성 던전은 다음 영역으로 넘어갈 때마다 요구하는 저항 수치는 높아진다. 빙속성은 화속성과 상극이기에 저 정도의 수치라면 버틸 수 있을 것이다.

죽으면 본인 잘못이고.

탁!

바하무트가 계산을 밟고 신전 내부로 들어섰다.

> 종족 특성과 화속성 친화력 산정 결과, 당신의 능력으로는 신전의 중심부에서 뿜어지는 열기를 온전하게 감당하실 수 있습니다.

'역시… 그럴 줄 알았어.'

바하무트가 레이란을 살폈다. 그녀는 인벤토리에서 빙속성 저항 포션과 다소 회복이 늦더라도 장시간 유지되는 생명력 포션을 동시에 복용했다.

꽤 높은 편의 저항력으로도 생명력이 지속적으로 깎인다는 증거였다.

화르르륵!

"나타나는군."

바하무트가 전방을 쳐다봤다. 그곳에는 지겹도록 상대했던 샐러스트들이 끔찍하리만큼 생성되고 있었다.

대충 봐도 100마리는 되어 보였다.

"신성한 불의 신전에 침입한자! 불의 심판을 받을지어다!"

"물러서세요. 보스 같습니다."

"알겠어요."

니쿠룸을 죽일 때와 토씨 하나 틀리지 않고 똑같은 목소리가 신전 내부를 쩌렁쩌렁하게 울렸다.

"나타나라!"

쿠우우웅!

바하무트가 용투기를 90% 가까이 전개했다. 붉은 화염이 타오르며 그에게서 범접 못할 기운이 뿜어져 나왔다.

"화룡의 기운! 용족인가? 모두 물러서라."

푸화아악!

불기둥이 휘몰아치며 램프의 요정 지니처럼 상체만 화염에 뒤덮인 수문장, 화염의 이그니스가 모습을 드러냈다.

'330? 해볼 만하다.'

아쿠락트 같은 괴물이 나타나면 어쩌나 싶었는데, 레벨 차이가 거의 없다시피 했다. 장비 상태가 충실한 유저라면 시련 등급의 동 레벨 몬스터와 비슷한 능력을 보유한다.

대륙십강쯤 되면 악몽과도 자웅을 겨루고 다소 약한 좌절 등급도 홀로 상대할 수 있다. 바하무트가 자신하는 이유는 용족의 특성에서 비롯된다.

본체가 되면 모든 능력이 2배로 증가한다. 300명에게만 허락되는 최강의 종족이며, 그중에서도 바하무트는 유일한 레드 드래고니언의 용투사였다.

동 레벨이라면 절망도 두렵지 않았다.

"레드 드래고니언? …거기다가 용투사? 놈! 그의 핏줄이더냐!"

퍼어어엉!

화염이 폭발하며 바하무트에게로 쇄도했다.

폭화 언령술 : 사 조합 스킬.

큰 대(大), 뜨거울 염(炎), 임금 왕(王), 주먹 권(拳).

대염왕권(大炎王拳) : 거대한 염왕의 주먹.

콰아아앙!

화염과 화염이 충돌하며 폭발을 일으켰다. 그에 레이란이 뒤로 날아갔고 샐라스트들도 뒤로 밀려 나갔다.

"색다른 기분이군."

수천의 화속성 저항을 뚫고 데미지가 들어왔다. 불에 상처를 입었던 게 언제였는지 가물가물했다.

"과연! 본체를 드러내라!"

"안 그래도 그러려고 했거든?"

쿠쿠쿠쿠!

불 속에서 불이 피어나며 325레벨의 바하무트가 본체로 현신했다.

20장
화염의 이그니스

부들부들.

'어찌, 이럴 수가!'

레이란은 바하무트의 기운에 숨이 가빠왔다. 손가락 하나 까닥하기 힘들었고 중력이 몇 배나 증가한 듯 온몸이 무거웠다. 그의 본체를 보고 있는 것만으로 사기가 저하됐다.

바하무트와 이그니스.

누가 유저고 몬스터인지를 구분할 수가 없었다.

혼란스러웠다. 용족의 드래고니언, 용투사라는 직업, 올 유니크의 아이템 등이 그를 강하게 만들었는지, 3차 전직 자체가 그를 강하게 만들었는지를 말이다.

레이란은 잘 모르겠지만, 전자와 후자 모두 맞았다. 그리고 그녀가 간과하고 있는 한 가지가 존재했다.

현재 바하무트는 화속성 친화력 산정에 의거하여 50%의 능력 증가를 부여받았다. 평소를 1, 본체를 2라고 치자, 50%가 증가했으니, 평소가 1.5, 본체가 3이 돼버린다. 불의 신전에 한해서긴 해도, 그는 이곳에서만큼은 보유 레벨 이상의 강함을 발휘한다.

"놈! 불의 축복을 받았구나!"

이그니스는 바하무트의 덩치를 보고 등급을 파악했다. 고룡, 에이션트 레드 드래고니언이 분명했고, 아직 미숙함에도 강렬한 기운이 느껴졌다. 불의 정령처럼 불에서 태어난 화룡답게 축복을 받았다.

"너도 받았잖아. 너는 받고 나는 안 받으면 내가 널 어떻게 이겨?"

325레벨의 바하무트가 축복받은 330레벨의 이그니스를 상대로 이길 가능성은 없었다. 동일한 조건이기에 해볼 만하다고 생각한 것이다.

"용족! 화룡! 그놈의 피를 타고난 네놈을 용서하지 않겠다!"

'저게 아까부터 무슨 소리를 하는 거지?'

바하무트는 의아했다. 처음 만난 순간부터 그놈이 어떻고, 핏줄이 어떻고 알아들을 수 없는 말만 해댔다.

앞뒤 다 잘라먹고 중간만 설명하는 꼴이었다.

"나와 원한이 있나? 난 너 처음 보는데?"

"원한… 아니, 원한은 아니지만… 그래도 용서할 수 없다!

그분을! 그분을! 이런 곳에!"

'온다.'

이그니스의 목소리가 점점 격앙됐다. 그의 기운이 범위를 넓히며 바하무트와 그 사이에 끼어들 수 없는 폭염의 공간을 형성시켰다.

드드드드!

"그분의 권속인 내가! 화룡인 네놈을 꺾음으로써! 수천 년 전의 패배를 되갚겠다!"

콰아아아!

이그니스의 주변에서 생성된 수천 개의 불덩이가 바하무트를 집어삼켰다.

폭화 언령술 : 사 조합 스킬.
큰 대(大), 불 화(火), 굳셀 강(強), 장막 막(幕).
대화강막(大火強幕) : 크고 강한 불의 장막.

콰콰콰콰!

대화강막의 거대한 불길이 불덩이들을 흡수했다.

"크윽! 이놈이!"

물량 공세가 이러할까? 사 조합의 대화강막으로도 제대로 막아내기 어려워지자 바하무트가 재차 폭화 언령술을 펼쳤다.

폭화 언령술 : 사 조합 스킬.

일천 천(千), 터질 폭(爆), 불화(火), 구슬 주(珠).
천폭화주(千爆火珠) : 터지는 천 개의 불꽃 구슬.

"꺄악!"

천폭화주가 대화강막을 빠져나가 다가오는 불덩이들과 충돌했다. 반경 수백 미터가 폭발에 휩싸이며 레이란이 신전 바깥으로 퉁겨 나갔다.

웅웅!

허공에서 날아가던 레이란이 재빨리 날개를 움직여서 중심을 잡았다. 어찌 된 일인지 샐라스트들이 그녀를 봤음에도 공격하지 않았다.

하나같이 바하무트와 이그니스에게 시선을 집중하고 있었다.

쿠아아앙!

"죽어라, 화룡 놈! 화염의 분노!"

영혼조차 녹여 버릴 화염이 이그니스에게서 뿜어졌다. 니쿠룸을 일격에 죽인 그 기술이었다.

"나도 비슷한 기술이 있는데? 보여줄까?"

바하무트의 표정이 야릇하게 변하며 그에게서도 비슷한 현상이 생겨났다.

폭화 언령술 : 사 조합 스킬.
뜨거울 염(炎), 더울 열(熱), 땅 지(地), 옥 옥(獄).

염열지옥(炎熱地獄) : 뜨겁고 더운 지옥.

푸화아악!

바하무트가 만들어낸 스킬들은 이그니스의 기술에 맞물려 상쇄시키는 역할을 충실히 수행했다. 어떤 공격이 튀어나와도 그에 걸맞게 대응하며 착실하게 전투를 이끌었다.

"원거리로는 승부가 안 날 것 같은데? 근접전은 얼마나 하나 볼까?"

투아아앙!

신전 바닥이 움푹 파이며 바하무트의 거체가 이그니스에게로 다가갔다. 이그니스도 피할 생각이 없는지 마주 다가왔다.

우우우웅!

용투기가 전개되며 레프트 훅이 이그니스의 얼굴을 노렸다.

콰앙!

"막아?"

바하무트는 주먹이 막히자 라이트 훅을 다시금 노렸지만 그 또한 막혀 버렸다.

콰드드드!

신전이 흔들리는 착각이 일며 바하무트와 이그니스가 힘겨루기에 들어갔다.

화르르륵!

지이이잉!

이그니스의 불길이 몇 배로 강해졌다. 바하무트도 지지 않고 용투기를 전력으로 전개했다.

용투기를 전력으로 전개하셨습니다.

2시간 동안 모든 능력치가 30% 증가합니다.

2시간이 지나면 본체와 용투기가 풀리면서 반나절 동안 무기력 상태가 유지됩니다.

용투기의 능력치 상승에 힘입어 바하무트가 이그니스를 밀어내기 시작했다.

번뜩!

정신 지배의 최고봉이라 일컫는 용마안이 바하무트의 눈에 깃들었다. 이그니스의 자아를 제압하기 위해서다.

그렇다고 정말 정신 지배를 할 수 있는 건 아니었다. 약간의 괴롭힘이란 표현이 적절했다.

"크허허헝!"

근접 거리에서 용마후가 터져 나가며 용마안에 힘을 보태줬다. 이그니스는 밀린다는 느낌을 받았다. 있을 수 없는 일이다. 또다시 용족에게 패배한다는 건 상상만으로도 끔찍했다.

"나의 왕이시여! 권능의 사용을 허락해 주소서!"

콰아아아!

가뜩이나 강했던 이그니스의 기운이 더더욱 강해지며 불길의 규모가 몇 배로 넓어졌다.

"몰아쳐라!"

퍼퍼퍼펑!

바하무트와 이그니스를 중심으로 화염 폭풍이 몰아치며 바하무트의 용투기를 뚫고 들어오려고 발악했다.

"이익!"

생명력이 급속도로 줄어들었다. 이걸 고스란히 맞는다면 피해가 만만치 않을 듯했다.

우우우웅!

바하무트가 용투기를 집중시켰다. 동그란 구체가 압축되며 대기와 공명했다. 그 모습을 내려다본 이그니스가 모여드는 불의 정화에 당황했다.

용족의 브레스였다. 바하무트의 덩치는 이그니스의 가슴팍 정도였다. 브레스는 곧바로 가슴과 충돌했고 곧 대폭발을 일으켰다.

콰아아아아아앙!

단순히 브레스의 위력뿐만이 아니었다. 서로 힘겨루기를 하던 중이었다. 기운이 팽창됐던 한복판이었기에 그 모든 게 시한폭탄으로 작용했다.

화르르륵!

미처 피하지 못한 샐라스트 수십 마리가 한계를 초월하는 폭염에 죽어버렸다.

콰당탕탕!

폭발에 휘말린 바하무트가 지면에서 몇 번이나 튕기며 불의 신전 계단 아래로 굴러 떨어졌다. 이그니스는 내부 깊숙한 곳에 처박혔다. 서로의 위치를 보면 이해할 수 있는 현상이었다.

"으윽!"

기절, 마비, 암흑, 구토 등의 온갖 상태 이상이 바하무트를 괴롭혔다. 심지어는 화상을 입어 지속적으로 생명력을 갉아먹었다.

웃기지도 않았다. 고룡 급의 에이션트 레드 드래고니언이 화상이라니.

"젠장, 쓰지 말걸."

바하무트는 브레스를 괜히 썼다면서 머리를 부여잡았다. 한 번만 더 이랬다간 캡슐에 토를 해놓을 것 같았다. 곧 상태 이상이 하나둘씩 풀렸다. 당연히 몸 상태로 정상으로 돌아오고 있었다.

스윽.

"어두워. 어디지?"

암흑으로 시야가 저하됐다. 한 치 앞도 어두컴컴했다.

"가까이 가고 있어요! 피하세요!"

레이란이 다급하게 외쳤다. 그러나 보이지도 않는데 뭘 어떻게 피하란 말인가?

"이놈!"

콰득!

콰콰콰콰!

바하무트의 얼굴을 쥐어 잡은 이그니스가 그를 땅에 처박았다. 그리고는 그 상태로 짓이기며 수백 미터를 끌고 갔다.

어찌나 고속으로 이동하는지 정신이 없었다.

"크윽! 이게 정말!"

팔을 치우려고 힘을 주고 스킬을 퍼부어도 이그니스는 그를 풀어주지 않았다.

"그래! 한 번 더 터져 보자!"

흠칫!

조금 전 상황을 되풀이한다는 뜻으로 여긴 이그니스가 바하무트를 멀리 집어 던졌다. 대폭발은 그로서도 버티기 어려울 만큼의 데미지를 축적시켰다. 몇 번이고 버티는 건 가능했지만, 당할 때마다 사용할 수 있는 불의 권능이 줄어들었다.

'풀렸다.'

마지막으로 남아 있던 암흑이 풀리면서 시야가 확보됐다.

'줄었어?'

이그니스의 덩치가 줄어 있었다. 머리 두세 개는 더 컸었는데, 지금은 비슷비슷했다. 약해진 것이다. 그렇다고 기뻐할 수는 없었다.

상대와 비례하여 바하무트 역시 약해지기는 마찬가지였다. 결국, 이러나저러나 제자리걸음에 불과했다.

'오 조합을… 아니야… 위험해.'

아쿠라트처럼 애당초 강한 놈이었다면 이 시점에서 오 조합으로 승부를 봐야 했다. 반복 공격으로 타격을 주지 못한다면 한 방을 노려야 했다.

'용투기 시간이 될 때까지만 버텨볼까?'

비슷한 상태에서 오 조합 스킬을 썼다가 잘못되면 전세가 역전된다. 강하려면 강하고 약하려면 약해야지, 실력이 비슷하니 머릿속이 복잡했다.

"머리를 쓰는가? 그자와 똑같구나!"

비아냥거리는 이그니스의 말투가 바하무트가 말했다.

"대체 그자가 누구지?"

"그자는! 죄, 죄송합니다! 왕이시여!"

이그니스는 말을 하던 도중 갑자기 고개를 조아리며 누군가를 향해 사죄했다. 이곳에는 그와 바하무트 레이란뿐이었다.

파앙!

바하무트 모습이 자취를 감췄다. 전투 중에 한눈을 파는 건 누가 뭐래도 본인의 잘못이다.

터턱!

바하무트가 이그니스를 꽉 끌어안았다.

"비겁한! 무슨 짓이냐?"

"네가 잘못한 거야."

폭화 언령술 : 사 조합 스킬.

터질 폭(爆), 흐를 류(流), 붙잡을 나(拏), 바람개비 환(統).

폭류나환(爆流拏統) : 폭발의 흐름 속에 붙잡힌 바람개비.

"크아아악!"

비명을 지르는 이그니스를 보며 바하무트는 과부하에 걸리더라도 이 기회를 놓칠 수 없다 여겼다.

"끝내자!"

폭화 언령술 : 오 조합 스킬.

클 태(太), 불 화(火), 터질 폭(爆), 하늘 천(天), 떨어뜨릴 추(墜).

태화폭천추(太火爆天墜) : 큰 불꽃이 폭발하며 하늘에서 떨어지다.

별똥별이 떨어지는 모습이 저러할까?

태화폭천추는 스플래시 데미지를 제외한 일인격살용으로는 염살지옥검과 쌍벽을 이루는 기술이었다.

쿠아아아아아앙!

폭류나환의 소용돌이에 의해 상공 높이 떠오른 바하무트와 이그니스가 지상으로 곤두박질쳤다. 수백 미터 넓이의 크레이터가 파이며 일순간 공기를 연소시켜 진공상태로 만들었다.

얼마 지나지 않아 되돌아가긴 했어도 이런 일이 가능할 줄이야.

"저게······."

레이란은 말을 더듬었다. 저 기술이 자신을 향했다면? 아니다. 저것까지도 필요 없다. 사 조합 스킬 하나만 해도 얼음요정들의 행진을 뛰어넘었다.

"그래, 저게 3차 전직이야, 3차 전직!"

레이란이 천천히 크레이터의 중심부로 다가갔다. 그곳에는 깊숙한 구멍이 뚫려 있었다. 거대한 두 존재가 땅속 깊이 파묻힌 것이다.

콰득!

붉은 가죽, 꿈틀거리는 핏줄에 뒤덮인 두터운 팔이 구멍에서부터 기어 올라왔다. 기술을 사용한 바하무트였다.

"헉헉!"

본래 붉었던 육체가 피에 절어 시뻘겋게 변해 있었다.

우드드득!

바하무트가 본체를 풀고 인간 상태로 돌아왔다. 강제로 풀리기 전에 스스로 풀면 미약하게나마 용투기 전개가 가능했다.

꿀꺽!

찌이이익!

도핑 스크롤과 포션을 복용하며 줄어들었던 생명력과 용투력을 회복시켰다. 그래 봐야 죽지 않으려는 임시방편적 행동이었다.

> 본체, 용투기 강제 해제 직전 스스로 해제시키셨습니다. 용투기 전개가 30%로 제한됩니다.

"그나마 다행인가? 30%라도 쓸 수 있으니."

용투기 전개가 불가능해지면 용투력도 마비되어 폭화 언령술을 사용할 수 없었다. 또한 폭화 언령술이 그 자체로 강력하다 생각하면 오산이었다.

강력하긴 해도 기술 하나마다 용투기가 주입된다. 30% 제한에 걸린 바하무트는 현저하게 약해져 버렸다.

"바하무트 님? 이기셨나요?"

"아닙니다. 큰 타격을 입혔지만 죽지는 않았습니다."

레이란이 바하무트를 살펴봤다. 포가튼 사가는 극도의 리얼리티를 추구하기에 캐릭터의 상태가 좋지 못하면 겉으로 드러난다.

가쁜 호흡과 포션을 복용했음에도 떨리는 육체.

'약해졌어. 본체로 변하지도 못할 거야.'

> **2시간 뒤에 무기력 상태가 풀립니다.**

레이란의 뇌리로 알림음이 파고들었다. 2시간만 지나면 무기력 상태가 풀린다. 길다면 길고 짧다면 짧은. 그 시간이 한시라도 빨리 돌아왔으면 싶었다.

드드드드.

쿠아아아!

"용족!"

거대한 불기둥이 치솟으며 태화폭천추에 당한 화염의 이그니스가 떠올랐다. 그는 반신이 흐트러져 있었다.

피류으로 이루어진 생명체처럼 징그러운 형태는 아니었다. 비교적 멀쩡한 왼쪽 면과는 달리 오른쪽 면은 본래의 모습을 갖추지 못했다.

화르르륵!

불이 뒤엉키며 재생하려고 애를 써도 제어가 안 되는지 제멋대로 요동쳤다. 이그니스는 몇 번을 노력하다가 이내 포기했다.

단시간 내로 수복할 수 있는 수준을 넘어섰다. 한동안 휴식을 취해야 될 듯싶었다. 이그니스가 허공에 뜬 채로 바하무트를 노려봤다.

"놈! 인간 상태로 돌아가다니! 힘을 전부 소진했구나!"

"꼭 그렇지만은 않은데?"

바하무트가 이그니스의 말에 반박하며 전력을 다해 발을 허공으로 차올렸다.

폭화 언령술 : 삼 조합 스킬.

불 화(火), 달 월(月), 벨 참(斬).

화월참(火月斬) : 화염의 달을 베다.

날카로운 화월참이 대기를 가르며 날아가자 이그니스가 화염의 방패로 대응했다.

파아아앙!

화염의 방패에 긴 상흔이 새겨졌다. 형체가 없는 불이라서 언제 그랬냐는 듯 상흔이 사라졌다.

"화염의 잔재!"

대기 중에 떠돌던 불의 기운들이 점점이 뭉쳐지며 바하무트의 전 방위를 차단했다. 새끼손톱보다도 작은 잔재들이 빠져나갈 구멍들을 촘촘히 틀어막았다. 이래서는 다소 물리적 피해를 입더라도 몸으로 때우는 수밖에 없었다.

"크큭! 용족! 네놈은 몰라도 옆에 있는 나약한 페어리는 이 기술을 버텨낼 수 없을 것이다! 죽어라!"

'이런 망할!'

바하무트가 레이란의 앞을 가로막았다. 문득 괜히 데려왔다는 생각이 들었지만, 후회는 제아무리 빨리 해도 늦는 법이었다.

폭화 언령술 : 사 조합 스킬.

큰 대(大), 불 화(火), 굳셀 강(強), 장막 막(幕).

대화강막(大火強幕) : 크고 강한 불의 장막

바하무트는 대화강막으로 화염의 잔재를 막아냈다.

최대한 사 조합 스킬은 사용하지 않으려고 했다. 30%의 용투기로는 두세 방이 전부였다. 그걸 초과하면 무기력 상태에 들어간다. 이제 한두 방이면 샌드백 신세가 될지도 모른다.

'모르겠다. 될 대로 되라!'

파팟!

공격이 끝날 시점, 바하무트가 날개를 펼치고는 날아올랐다. 이판사판이었다.

파파파파!

이그니스는 뒤로 물러서며 바하무트를 향해 불화살을 날려 댔다. 바하무트는 맞고 맞아도 꾸역꾸역 포션을 복용하며 강제로 밀어냈다.

"멍청한 놈!"

무방비 상태로 다가오는 바하무트가 무모해 보였을까?

이그니스가 주먹을 내뻗었다. 바하무트의 몸통만 한 주먹이 그의 얼굴을 후려쳤다.

콰앙!

"끄으으으……!"

바하무트의 목 근육이 부풀었다. 밀려나지 않으려고 억지로 버티는 것이었다.

"새, 새로 만든 스킬이다. 너도 맞아!"

폭화 언령술 : 사 조합 스킬.

터질 폭(爆), 일천 천(千), 번쩍일 섬(閃), 빛 광(光).

폭천섬광(爆千閃光) : 폭발하는 천 번의 섬광.

콰콰콰콰콰콰쾅!

이그니스의 복부로 파고든 바하무트의 폭천섬광이 작렬했다.

눈으로 식별조차 불가능할 고속의 공격에 불로 이루어진 거체가 사정없이 흔들렸다.

"크윽, 용족… 따위에게 지지 않는다!"

푸우우욱!

"울컥!"

이그니스가 만들어낸 불의 창이 바하무트의 등을 꿰뚫었다. 그에 바하무트의 입에서 피가 새어 나왔다. 그럼에도 공격을 멈추지 않았고, 천 번의 섬광이 모두 들어갔다.

쾅!

마지막 공격을 맞은 이그니스의 머리 위에 상태 이상 기절 표시가 나타났다. 바하무트는 남은 용투기를 전부 끌어모았다.

폭화 언령술 : 사 조합 스킬.

큰 대(大), 뜨거울 염(炎), 임금 왕(王), 주먹 권(拳).

대염왕권(大炎王拳) : 거대한 염왕의 주먹.

콰아아앙!

유려한 곡선을 뽐내는 대염왕권이 이그니스와 뒤섞여 다시 한 번 지상으로 처박혔다.

스륵.

"컥!"

바하무트가 피를 토하며 허공에서 떨어졌다. 날개를 움직일 힘도 없었다. 등에 꽂혀 있던 불의 창이 흩어졌다. 피가 샘솟으며 그의 가슴 정중앙에 주먹만 한 구멍이 생겨났다.

> 과한 용투기 전개로 육체가 버티지 못합니다. 용투기 전개가 3ㅁ% → 5%로 제한됩니다.

> 포션으로도 회복 불가능한 중상을 입으셨습니다. 신체 일부를 제외하고 1시간 동안 상태 이상 전신 마비에 들어갑니다.

> 출혈 상태가 심각합니다. 상태 이상 출혈에 들어갑니다. 치료하지 않으시면 출혈 과다에 걸려 강제 로그아웃 당합니다.

이번 전투의 후유증은 3차 전직 이후를 통틀어서 가장 극심했다. 전신 마비, 출혈 과다는 마비와 출혈의 확장판이었다.

"팔, 팔 하나만 움직여지네."

전신 마비에 걸렸다고 죽지는 않는다. 그러나 출혈 과다를 내버려 두면 지속적으로 빠져나가는 생명력 탓에 살지 못한다.

그나마 팔이라도 움직였기에 포션 등을 복용해서 살아남은 것이다.

"우우우우! 나의 권속들아! 놈을… 죽여라!"

"목소리는 우렁차네."

수많은 타격을 받았음에도 이그니스는 죽지 않았다. 그런데 목소리만 들릴 뿐 모습은 확인이 안 됐다. 필시 움직이지 못할 만큼의 상처를 입었기에 떨어졌던 자리에 있을 것이다.

화르르륵!

바하무트의 주변으로 수백 마리 규모의 샐라스트가 나타나며 그를 둘러쌌다. 그게 전부였다. 공격하려는 낌새는 없었다.

"몬스터들은 좋겠다. 생명력이 바퀴벌레 같아서."

레이란은 어디로 갔는지 모르겠다. 도망쳤을 수도 있고, 숨어 있을 수도 있었다. 괘씸하단 생각이 들었지만 299레벨에서 죽기는 싫을 테니 이해하려고 애썼다.

"용족……."

"이야! 상태 좋네?

바하무트를 둘러싼 샐라스트들의 한쪽이 열렸다. 그는 대자로 뻗은 상태에서 이그니스를 맞이했다.

뚜렷했던 모습은 어디 갔는지 처참하고 초라했다. 그냥 불덩이가 이글거리는 것만 같았다. 어디가 머리고 몸이고 팔인지 구분이 어려웠다.

"내가 이겼다! 용족을 이겼다!"

"괜찮아. 지는 게 일상이라……."

3차 전직 이후, 기억에 남을 만한 4번의 전투에서 전부 패배했다. 정확히 히드라, 그레우스 공작, 아쿠락트, 이번의 이그니스까지였다.

"으하하하!"

이그니스는 자신이 자랑스러웠다. 수천 년 전의 설욕을 되갚고, 명예를 되찾았다.

"좋아하긴."

바하무트는 배알이 꼴렸다. 이상하게 저놈이 좋아하니 기분이 언짢았다. 웃는 얼굴에 침을 뱉어버리고 싶었다.

"네놈은 신의 축복을 받은 용족인가? 이곳에서 죽어도 살아나겠군. 다시 찾아와라! 그때도! 널 이겨 일족의 자부심을 지키겠다!"

화륵!

샐라스트들이 바하무트에게로 다가갔다. 바하무트는 위험한 상황에 처했음에도 침착했다.

"너 유저가 왜 무서운 줄 알아?"

바하무트가 컬렉션을 저장하는 아공간에서 차가운 한기를 내뿜는 보옥을 꺼냈다.

"헉! 그, 그건!"

이그니스는 보옥에서 느껴지는 강대한 기운에 당황하며 샐라스트들에게 다급하게 외쳤다.

"죽여라! 어서!"

"행동이 빠를까? 말이 빠를까?"

바하무트가 냉혈의 아즈란을 가슴 위에 올려놨다. 들고 있으려니 힘들었다.

"냉룡의 얼음 공간."

찌어어어어엉!

바하무트를 중심으로 반경 수백 미터가 눈 깜짝할 사이에 얼어붙었다. 레이란의 빙하시대와는 비교 자체를 불허하는 가공할 빙결의 권능.

이것이 용족의 유산이라 일컫는 히어로 급 냉기의 보옥, 냉혈의 아즈란이 지닌 첫 번째 특수 옵션이었다.

*　　　*　　　*

쓰거거걱!

단도처럼 날카롭고 두터운 쿠라이의 손톱이 샐라스트의 정수리부터 내리그어졌다. 야수화를 하진 않았기에 인간의 모습을 하고 있었다.

"잔챙이 상대하는 것만으로 지치겠다."

지금 상태로는 대여섯 마리만 달라붙어도 힘들었다. 샐래맨더 지역까지는 할 만했는데, 샐라스트로 넘어오자 난이도가 급상승했다.

"약한 소리 하지 마. 바하무트와 레이란은 이곳에 혼자서 들어갔어."

"바하무트는 괴물이잖아."

스라웬의 핀잔에 쿠라이가 입술을 내밀었다. 야수화로 싸우려 해도 과부하를 염려해서 최대한 아끼고 아꼈다.

"잡담은 그만하지."

스톤 워리어에 탑승한 니쿠룸이 둘을 보며 말했다. 그도 만약을 대비해 아이언 킹을 꺼내지 않았다.

"니쿠룸, 여기부터는 가본 적이 없다고 했나?"

"그래, 길드원들을 동원해서 들어온 게 여기까지였다. 더 들어가고 싶어도 워낙 죽어나가는 수가 많아서……."

니쿠룸은 진실을 숨겼다. 이그니스에게 죽었다고 말하면 그들이 신전 내부로 갈 리가 없었다.

"우리 셋이 보스를 잡을 수 있을까?"

"울티메이트 마스터의 위력을 눈으로 보고도 그 소리가 나와? 어림도 없어."

쿠라이는 단순해도 스라웬은 하나하나 따져 봤다. 셋이라면 좀 버티겠지만 결국에는 죽을 것이다.

죽음을 각오하면서 무리할 필요는 없었다.

콰아아아아앙!

"으억! 뭐야?"

"무슨 소리지?"

"저쪽이야!"

하늘에 떠 있던 스라웬이 손가락으로 어느 방향을 가리켰다. 그곳에는 엄청난 규모의 버섯구름이 피어오르고 있었다. 거리가 상당한데도 저리 선명하게 보일 정도라면 예삿일이 아니었다.

'저곳은…….'

니쿠룸이 신음성을 삼켰다. 버섯구름이 피는 곳은 신전으로 통하는 정면, 수천의 황금망치단을 동원하고도 한순간에 몰살당한 이그니스의 출몰 지역이었다.

"바하무트겠네."

"그가 보스와 싸우는 중인가?"

저런 규모의 대전투라면 대륙십강 중에서 바하무트만이 선보일 수 있었다.

'그 괴물과 싸운다? 3차 전직이 그토록 대단한가?'

니쿠룸은 발바닥이 근질거렸다. 무슨 일이 벌어지고 있는지 확인하고 싶어졌다.

"가보자."

쿠라이의 말에 스라웬과 니쿠룸이 동의했다. 가보려는 속마음은 다들 똑같았다.

그런데 뭔가 이상했다.

가까이 다가갈수록 최소 십 단위씩 출몰하던 샐라스트가 한두 마리밖에 나타나지 않았다. 그 많던 몬스터가 어디 간 건지 의아하기만 했다.

콰콰콰쾅!

셋은 1시간 이상을 빠르게 이동했다. 가까워짐에 따라 굉음의 소리도 점점 커져갔다.

"맙소사……."

대륙십강의 3명이 돌처럼 굳었다. 그들이 보는 시점은 바하무트의 폭천섬광이 이그니스의 몸뚱이에 작렬하는 순간이었다.

한 방이 꽂힐 때마다 충격파가 암석지대 너머로 퍼져 나갔다. 폭천섬광이 끝나고 대염왕권이 이그니스를 후려쳤다. 그리고는 둘 다 바닥으로 추락했다.

"허… 비긴건가?"

"상황으로 보면 비긴 것 같군."

셋은 전투에 끼어들지 말지를 고민했다. 끼어들어서 이그니스를 죽이면 히어로 아이템을 얻고 여러 보상을 차지할 수 있었다.

그러나 명백한 스틸 행위였다. 걸리지 않으면 몰라도 걸린다면 바하무트와 척을 지게 된다.

그와 척을 지면 슈타이너와는 자동적으로 원수 관계가 성립된다.

피해야 할 상황이었다. 바하무트가 본체로 변해 영지에서 난동을 피운다면 쑥대밭이 돼버린다.

"나와 스라웬은 중립이다."

쿠라이와 스라웬도 욕심이 나기는 마찬가지였다. 그렇다고 남이 차려놓은 밥상에 숟가락을 올려놓을 염치는 없었다. 하물며 밥상이 바하무트의 것이라면 더더욱 그러했다.

"일단 내려가자. 죄진 것도 아니고, 숨을 필요는 없지 않나?"

"그건 그래."

"잠깐, 쿠라이. 가지 마."

"왜?"

"저길 봐."

쿠라이와 니쿠룸이 바하무트 쪽을 쳐다봤다.

"저게 몇 마리야?"

수백 마리의 샐라스트가 바하무트를 둘러쌌고 있었다. 그 많던 샐라스트가 어디 갔나 했는데, 저기에 다 모여 있었다. 내려갔다간 얼마 못 버티고 죽을 것이다.

"바하무트가 죽는 걸 보게 될 줄은 몰랐어."

"아니, 그건 아직 이른 것 같아."

스라웬이 바하무트를 주시했다. 뭐라고 몇 마디 중얼거리더니, 새하얀 아이템 하나를 자신의 가슴 위에 올려놨다.

'장비? 보옥인가?'

그녀는 원소술사라서 보옥, 지팡이 등을 무기로 사용했다. 그렇기에 동종 직업군의 장비를 쉽게 알아볼 수 있었다.

쩌어어어어엉!

"피, 피해!"

"스라웬!"

넋 놓고 바라보던 그 순간.

세상을 뒤덮을 만한 얼음의 파도가 그들을 향해 밀려 들어왔고, 셋은 미처 피하지 못했다.

*   *   *

쩌저저적…….

불의 신전이 얼어붙었다. 말마따나 전부 얼어붙은 건 아니더라도 눈으로 식별 가능한 반경 수백 미터가 희고 투명한 얼음으로 뒤덮였다.

살을 에고 뱃속까지 파고드는 한기에 바하무트를 제외한 모든 것의 움직임이 정지됐다. 심지어는 형체가 없는 대기조차 끔찍한 냉기에 힘들어 하는 듯했다.

"하아… 저 보옥… 대체 뭐야?"

레이란이 입김을 내뿜으며 어처구니없어 했다. 바하무트가 보옥을 꺼내 들기 전, 무기력 상태가 풀렸다.

이 현상을 대체 무엇으로 설명해야 할까?

마력을 운용해서 빙속성 강화와 저항을 증폭시켰고, 그 덕분에 저항력이 1,000을 넘어갔다. 그럼에도 상태 이상 빙결에 걸려서 아기 걸음마 떼듯이 움직이는 게 전부였다. 본래 냉룡의 얼음 공간에 의해 빙결에 들어가면 손가락 하나 까닥이지 못하는 얼음 석상이 되어버린다.

레이란이 움직일 수 있었던 이유는 빙속성 저항력의 산정 결과였다.

"저거야. 저게 퀘스트 보상으로 받은 히어로 등급의 아이템이야."

가지고 있지 않다더니, 거짓말을 한 것이다. 레이란은 바하무트의 가슴 위에 있는 냉혈의 아즈란을 자세하게 살펴봤다.

보는 것만으로 얼어붙는 착각이 드는 차가운 흰색.

전체적인 용에게 물려 있는 여의주의 형태를 띠고 있었다. 위아래로 맞물린 송곳니가 한껏 멋스러움을 뽐냈다.

웅웅!

냉혈의 아즈란은 바하무트의 가슴을 짓누르지 않고 허공에 떠 있었다. 워낙 그 차이가 미묘해서 올려놓은 것처럼 보였다.

스윽.

레이란이 주변을 둘러봤다. 활활 타오르던 수백 마리의 샐라스트와 이그니스도 그 모습 그대로 얼어버렸다.

'만년설의 정수에 못지않아.'

만년설의 정수에는 대규모 얼음 폭풍을 동반하는 공격 마법과 빙, 수속성 관련 수치를 영구적으로 20% 증가시키는 두 가지 옵션이 존재했다.

저 보옥은 반경 수백 미터를 얼음 공간으로 만들어내는 능력을 지닌 듯했다. 히어로 급이니 한 가지가 더 있을 것이다.

'이곳에서 종장을 쓴다면?'

빙하시대를 사용할 필요가 없어진다. 과부하가 줄어들고 이 엄청난 반경이 얼음요정들로 가득 찰지도 모른다.

그리되면 그 위력은 상식을 벗어나리라.

"바하무트는 무방비야."

레이란의 마음속에 시커먼 탐욕이 들끓었다. 유저에게 죽는다면 천사의 구슬로도 아이템을 보호하지 못한다.

보옥보다 좋은 아이템이 없다면 보옥을 떨굴 것이고, 있다면 그걸 떨굴 것이다. 보옥을 얻지 못해도 만년설의 정수를 얻을 수 있게 된다.

바하무트와 척을 지게 되는 게 언뜻 꺼려졌으나 3차 전직을 한다면 그도 더 이상 두려운 존재가 아니었다.

'좋아.'

바하무트에게서 아이템을 강탈하기로 결심한 레이란이 한 걸음씩 이동하기 시작했다.

*　　　　*　　　　*

한편 바하무트는 드러누운 상태에서 얼음 석상이 된 이그니스를 관찰했다. 냉룡의 얼음 공간은 상대의 움직임을 강제할 뿐 직접적인 공격력은 없다.

그러나 속성이 상반된다면 공격력이 없어도 데미지를 입는다. 그 증거는 샐라스트를 보면 알 수 있다.

콰드드득!

신체의 일부가 부서지며 샐라스트들이 무너져 내렸다. 과열된 육체에 냉기가 엄습하니 급격한 온도 차이를 버티지 못한 것이다.

콰앙!

얼음이 폭발하며 샐라스트들이 불길을 내뿜었다. 그렇지 않으면 금세 냉기가 온몸으로 퍼져 나갔다.

콰아아아아아아!

이그니스 역시 냉기를 버텨냈다. 다만 바하무트에게 입은 상처가 극심한 탓에 이번의 기습은 치명타로 작용했다.

"끄어어어!"

"좀 죽어라. 와! 진짜 안 죽는다."

이그니스는 고통스러웠다. 바하무트의 말은 귓등으로도 안 들어왔다. 빠져나가고 싶어도 얼어붙은 범위가 워낙에 넓어서 가다가 죽을 것만 같았다.

"오라! 불의 권속들이여! 나에게 오라!"

"아, 거짓말이지? 하지 마. 하지 마!"

바하무트는 포가튼 사가를 몇 년이나 플레이했다. 이그니스가 하는 짓이 어떤 결과로 나타날지 모를 리가 없었다.

화르르륵!

샐라스트들이 이그니스에게로 흡수됐다. 그에 따라 이그니스의 모습이 점점 싸우기 전으로 돌아갔다. 흐릿하던 불이 활활 타올랐고, 줄어들었던 덩치가 거대해졌다. 샐라스트가 사라짐에도 전혀 기쁘지 않았다. 차라리 샐라스트 수백 마리를 상대하는 게 편했다.

"진짜 사기다. 회복할 틈을 주지 않고 죽이란 소리네."

죽이려면 단번에 숨통을 끊어놔야 했다. 어물거리다간 권속들을 흡수해서 힘을 되찾는다.

"용족! 대단하다. 중간계로 나와 이만큼 다친 적은 수천 년 전을 제외하고는 처음이다."

진심이었다. 샐라스트들이 없었다면 죽었을 것이다. 그것만은 막아야 했다. 자신이 죽으면 왕을 지킬 수문장이 사라진다.

"화염의 분노."

푸화아아아악!

이그니스가 건재함을 증명하듯 얼음으로 뒤덮인 일대를 녹여 버렸다. 바하무트가 포션을 복용하며 버텨봤지만, 애당초 아이템의 스킬로는 이그니스의 불을 견뎌낼 수가 없었다.

불은 헛바닥을 날름거리며 바하무트까지 태우려고 했다.

우우우웅!

냉혈의 아즈란이 공명음을 내며 차가운 냉기를 발산시켜 불을 밀어냈다. 아즈란의 영혼이 담긴 아이템답게 주인을 보호하기 위함이었다.

모든 유저에게 일어나는 일은 아니었다. 아즈란과 같은 용족에게만 이 같은 현상이 벌어지게끔 프로그래밍되어 있었다.

"흥! 용족의 유산인가?"

콰우우우!

이그니스가 아즈란에게서 느껴지는 기운에 코웃음을 치며 화력을 높였다. 용족의 유산이라도 그 본인이 직접 살아 돌아온다면 모를까, 남겨진 찌꺼기 정도로는 한계가 명백했다.

"끝까지 가보자."

탁!

바하무트가 냉혈의 아즈란에 손을 갔다댔다. 그리고는 말했다.

"냉룡마장 아즈란, 강림."

쩌정!

콰콰콰콰!!

냉기가 폭발하며 가까이 다가오려던 이그니스가 수십 미터 바깥으로 튕겨 나갔다. 비교적 멀리 떨어진 레이란, 쿠라이, 스라웬, 니쿠룸들도 죄다 나자빠졌다.

푸스스스!

냉룡의 얼음 공간이 강제로 펼쳐졌다. 바하무트의 의지가 아니었다.

두둥실!

냉혈의 아즈란이 빛을 내뿜으며 높은 허공으로 떠올랐다. 그러다가 까마득한 높이까지 떠오르고 나서야 멈췄다.

쩌저저적!

얼음들이 뭉쳐졌다. 마구잡이로 뭉쳐지는 게 아니라 일정한 모습을 그려내고 있었다.

그 모습은…….

"드래곤?"

바하무트의 말대로였다. 머리부터 꼬리까지 100미터가 넘고 높이도 그 반은 될 법한 아이스 드래곤이 점차 형태를 갖춰 갔다.

히드라보다는 좀 작았지만 저마저도 무시 못 할 크기였다. 그는 이미 죽었기에 육체가 없었다. 얼음의 육체는 그의 영혼을 담을 그릇이었다. 냉혈의 아즈란의 위치는 심장 부근, 즉 드래곤 하트였다.

"아아……."

쩌저저적!

아즈란이 눈을 떴다. 그는 고개를 돌려 이그니스를 쳐다보고 바하무트를 내려다봤다.

"신의 축복을 받은 화룡이여. 누구에게 가르침을 받았는가?"

"벨케루다인 님께 받았습니다."

"오! 벨케루다인, 위대한 용족의 대장군, 그는 건강한가?"

"건강하십니다."

아즈란은 용마전쟁 때 악마 대공 카르볼에게 패배하여 숨을 거뒀다. 카르볼도 중상을 입었지만, 시간이 흐른 만큼 회복했을 것이다.

"불의 최상급 정령 이그니스, 어린 화룡의 수준으로는 힘들었을 텐데 장하군."

대기 중에 흐르는 마력이 굉장히 팽창된 상태였다. 꼭 눈으로 확인하지 않아도 전투의 치열함을 느낄 수가 있었다.

"저놈을 좀 부탁드립니다. 보시다시피 제 몸이 좋지 않네요."

"하는 데까진 해보겠네."

시간제한이 없었다면 충분히 죽이고도 남겠지만, 영혼만 남은 그로서는 30분이 한계였다.

"크윽! 죽어버린 망령 따위가! 화염폭풍!"

퍼어어엉!

화염으로 이루어진 용권풍이 아즈란에게로 쇄도했다. 어찌나 거대한지 천장을 뚫어버릴 기세였다.

"다이아몬드 더스트."

웅웅웅웅!

아즈란의 전방에 수천수만 개의 얼음 보석이 생성되더니 화염폭풍과 충돌했다.

콰콰콰쾅!

"프리징 웨이브."

빙결의 파도가 밀려 들어갔다. 다이아몬드 더스트에 맞아 잠시 멈칫했던 화염폭풍이 파도에 휩쓸려 증발했다.

이그니스는 화염폭풍에서 빠져나와 재차 공격을 감행했다.

파앙!

아즈란의 얼음 육체에 불덩이들이 작렬하자 파편이 튀며 녹아내렸다. 바닥에서 이어지는 얼음 공간 덕분에 재생됐지만 확실히 상대하기 까다로웠다.

"다음번에는 좋은 상황에서 소환해 줬으면 하네."

"죄송합니다."

아즈란은 제자리에서 움직일 수가 없었다. 이게 다 바하무트 때문이었다. 잘못하면 전투의 여파로 강제 로그아웃 당한다.

그가 죽으면 아즈란도 역소환된다. 다소 전투가 불편하더라도 최대한 버틸 수 있을 때까지는 버텨볼 생각이었다.

"아이스 배리어."

쩌엉!

수미터 두께의 얼음 방벽이 아즈란과 이그니스 사이를 틀어막았다. 이그니스는 그 방벽을 미친 듯이 후려쳤다.

쾅쾅쾅쾅!

한 방 한 방이 염왕권을 넘어서는 위력에 방벽에 금이 갔다.

쾅!

드디어 방벽이 깨지며 이그니스가 아즈란의 코앞으로 다가왔건만, 아즈란은 당황하지 않고 몸을 한 바퀴 회전했다.

퍼어어엉!

삐죽삐죽 날카로운 얼음 꼬리가 마력을 머금고서 이그니스의 복부를 후려쳤다. 그에 이그니스의 상체와 하체가 반으로 쪼개졌다.

"빈틈이로군. 프리징 버스터."

촤아아앙!

동그란 얼음의 구체가 상하체가 나눠진 사이로 들어가더니 그곳에서 폭발했다. 그 때문에 붙으려던 몸체가 사방으로 흩어졌다.

"크아아아!"

냉룡마장 아즈란 강림의 해제까지 5분 남으셨습니다. 해제되면 한 달간 재소환이 불가능합니다.

아즈란 같은 소환 옵션이 붙은 아이템은 재사용 시간이 굉장히 길었다.

막말로 이것만 있다면 2차, 3차 전직 퀘스트도 쉽게 통과한다. 그냥 소환시켜서 몬스터를 죽이라고 하면 알아서 죽여줄 것이다. 그런데도 악습이 없는 이유는 구하기도 어려웠고, 제대로 된 소환수도 없어서다.

그런 의미에서 냉혈의 아즈란은 플레이포럼을 진동시킬 사기 아이템이었다.

"망할, 어쩌지? 이러다 죽는 거 아니야?"

바하무트는 다급했다. 애써 레벨을 올렸는데 또 죽게 생겼다. 아즈란이 역소환되면 살아남을 가능성은 0%였다.

[화룡이여.]

"응?"

[화룡이여… 내 말이 들리는가?]

"뭐지? 어디서 들리는 거지?"

[내 말이 들린다면 마음으로 답하라.]

'이렇게인가?'

바하무트는 긴가민가해하며 속으로 말했다.

[나는 불의 왕, 이그니스는 나의 권속, 저러다가는 살아남지 못할 듯하다. 다소 철이 없으나 나쁜 녀석은 아니니, 전투를 중지해 줬으면 한다.]

'내가 죽을지도 모르는데?'

[그대가 아즈란을 역소환한다면 이그니스는 더 이상 그대를 공격하지 않을 것이다.]

불끈.

바하무트가 주먹을 쥐었다. 하늘이 무너져도 솟아날 구멍은 있다더니, 그 말이 딱 맞았다.

"그레이트 아이브 블록."

아즈란은 자신의 역소환이 얼마 남지 않았음을 깨닫고 바하무트의 주변에 강력한 결계를 형성했다. 이그니스의 공격력에서 5분 정도는 보호해 줄 것이다.

"아즈란, 전투를 그만두세요."

"무슨 말인가? 이제 곧 난 사라진다네. 기회가 있을 때 없애야 하고, 지금이 그 기회일세."

"아닙니다. 괜찮습니다. 저는 신의 축복을 받았고, 생각이 있습니다."

"알겠네. 자네가 말한다면… 다음에는 드래드누스가 보고 싶군."

파팟!

아즈란이 역소환되며 불의 신전을 가득 채웠던 얼음 공간이 사라졌다. 그에 냉기도 열기에 밀려났다. 냉혈의 아즈란은 바하무트에게로 떨어졌고, 곧 인벤토리로 들어갔다.

[고맙군. 약속은 지킨다. 이그니스에게는 내가 말하겠다.]

이그니스는 아즈란과의 전투에서 다시금 중상을 입었다. 겉모습은 어떨지 몰라도 속은 건재했을 때의 반절에 불과했었다.

"용족… 우리 둘 다 운이 좋다고 해야겠군."

"그러네."

"갈 곳이 있다. 움직일 수 있나?"

"아직은 불가능해."

30분만 버티면 된다. 무기력 상태는 여전하겠지만 거동은 가능하다.

"짧은 시간이군. 기다리겠다."

"그런데 왕이 누구지?"

바하무트는 뇌리를 울렸던 목소리의 주인공이 궁금했다. 아마도 그가 불의 신전의 진정한 주인인 듯했다.

"한 번의 패배로 겹화의 위엄을 잃어버린 나의 왕이신, 불의 정령왕 이프리트 님이시다."

"정령왕?"

바하무트가 눈을 크게 떴다. 포가튼 사가 세계관에 따르면 정령왕은 400레벨을 넘는 재앙 몬스터였다.

즉, 반신이라는 뜻이다.

"그렇다. 이프리트님은 패배했다. 그것도 너와 같은 화룡에게."

"그게 누군데?"

"그는……."

퍼퍼퍼퍽!

"커… 억!"

"어?"

온몸에 새하얀 얼음 창이 틀어박힌 이그니스가 쓰러졌다. 죽지는 않았어도 치명타였다.

"얼음 창? 설마?"

전투를 하느라 까먹고 있었다. 그녀의 존재를.

21장

최고의 파트너

"레이란 님, 무슨 짓입니까?"

전신 마비 탓에 고개조차 못 돌리는 바하무트, 그의 분노 어린 음성이 레이란을 찾았다. 전투 불능이 됐어도 엄연히 죽지 않고 살아 있었다.

그렇기에 몬스터의 소유권은 그에게 귀속된다. 적어도 타마라스를 제외한 대륙십강이 맺은 협약은 그러했다.

"무엇을 말이죠?"

웅웅!

레이란이 바하무트의 옆에 내려앉으며 말했다. 당당한 말투에 바하무트가 황당해했다.

"지금 스틸하시는 겁니까?"

"몬스터를 잡을 상태가 아니지 않나요?"

"대륙십강이 맺은 협약은 상대가 죽지 않았다면 몬스터의 귀속을 인정해 주는 겁니다. 저는 죽지 않았습니다. 상황을 설명해 주시죠."

"전 히어로 아이템이 필요해요."

바하무트의 표정이 싸늘하게 돌변했다.

현실이나 가상이나 지나친 탐욕과 욕심은 사람을 망쳐 놓는다. 레이란도 아이템에 눈이 멀어 사람으로 대접받기를 포기했다.

"직접적으로 말하시죠. 결국, 스틸하겠다는 거 아닙니까?"

"굳이 표현하자면 맞네요. 스틸."

"다른 말 안하죠. 지금이라도 관두시면 넘어가겠습니다. 하나……."

"하나?"

"관두지 않는다면 제 상태가 낫는 즉시, 헬렌비아 제국의 체리들 후작령을 불지옥으로 만들어 드리겠습니다. 여유가 있을 때마다, 언제든."

본체로 현신한다면 영지 하나 쑥대밭으로 만드는 건 일도 아니었다. 더 나아가 얼음 날개 길드 전체를 박살 내버릴 것이다.

"제가 왜 히어로 아이템에 욕심을 내는지 아세요? 돈? 아이템 욕심? 아니랍니다. 3차 전직이 걸려 있기 때문이에요."

"3차……."

"제가 말했죠? 슬픈 눈의 카샨, 그가 만년설의 정수라는 빙속성 히어로 등급 지팡이를 팔고 있어요. 그 아이템만 있으면 3차 전직이 가능해요."

"그래서, 개인의 욕심을 이루고자 단체가 맺은 협약을 깨겠다는 말씀인지? 당신 하나 때문에 질서가 난장판이 될 건 생각 안 하십니까?"

뭐든지 한 번이 어려운 법이었다. 그 이후로 두 번, 세 번, 네 번은 몇 번이든 똑같다.

"그런 것은 관심 없습니다."

"혹한의 마녀, 마녀라는 별명이 붙은 이유를 잘 알지요."

꿀떡.

대륙십강은 각자의 별명이 말해주듯, 그 별명이 붙여지게 된 계기가 존재한다. 예로, 슈타이너는 타마라스가 포함된 검은 악마 길드의 정예부대와 싸우면서 황금의 학살자란 별명을 얻었다. 그 싸움에서 슈타이너는 처음으로 소닉 붐의 천살창 혼파를 사용했다.

"안 그런 척 하면서도 남을 철저히 깔보고 내려다보는 독선적인 성격, 타마라스 녀석이 워낙에 미친놈이라 좀 가려졌지만, 알 만한 사람들은 알죠. 당신 역시 소시오패스적 성격이란 것을."

소시오패스.

반사회적 인격 장애의 일종으로 사이코패스와 같으면서도 묘하게 다르다. 사이코패스는 자신이 범죄를 저질러도 그게 죄인지 모르지만, 소시오패스는 죄인 줄 알면서 저지른다.

레이란은 자신이 원하는 게 생기면 무슨 수를 써서라도 손에 넣는다. 그것이 비록 잘못된 행동일지라도 말이다. 그녀의 명성과 직책상 도를 넘지 않는 수준에서는 쉽게 해결됐기에 가려졌던 것뿐이었다.

바하무트는 예전부터 그녀에 대해 많은 소문을 들어왔다. 그저 자신에게 별다른 피해를 주지 않았기에 적대하지 않았을 뿐이었다.

그러나 지금부터는 타마라스와 쌍벽을 이룰 미친년으로 지정했다.

"관둘 것 같지 않으니, 경고나 해드리겠습니다. 아이템을 가져가세요. 대신 그 외의 전부를 잃게 될 겁니다. 저에 의해서."

"풋! 호호호호!"

레이란이 조막만한 손으로 입을 가리며 크게 웃었다. 한참을 웃던 그녀는 돌연 정색했다.

"착각하시네요, 바하무트 님."

"착각?"

"바하무트 님은 강해요. 지금의 저로서는 죽었다 깨어나도 상대할 수 없어요. 그러나 제가 3차 전직을 한다면? 레벨 차이야 있겠지만 글쎄요? 무섭지 않은걸요?"

바하무트는 자신만만한 그녀에게 한마디를 더 던졌다.

"제게 슈타이너가 있다는 걸 잊으셨군요. 그 녀석, 3차 전직이 코앞입니다. 저와 슈타이너라면 당신이 3차 전직을 해도 결과는 마찬가지입니다."

"흐음……."

레이란이 콧잔등을 어루만졌다. 확실히 그까지 개입하면 위협적이기는 하겠다. 그렇다고 이제와 포기할 수는 없었다.

쩌엉!

아즈란이 걸어준 그레이트 아이스 블록이 깨졌다. 바하무트를 레이란에게서 보호하던 유일한 방패였다.

"그건 나중에 가서 생각해 보도록 할게요. 일단, 죽으세요."

즈즈즈즈!

바하무트의 심장과 머리 부분 쪽으로 얼음 창이 만들어졌다. 이런 무방비 상태에서 적중당한다면 크리티컬이 뜰 것이다.

"PK라? 냉혈의 아즈란도 원했던 건가?"

"그 보옥의 이름인가요? 정말 대단했어요. 용족을 소환한다니… 감사히 받아 가죠."

'제길…….'

바하무트는 포가튼 사가를 플레이하면서 별의별 일을 다 겪었다. 그중에서도 특히 기분이 더러웠던 일이 몇몇 있었는데, 오늘도 포함될 듯싶었다.

"이야! 완전 개막장이네."

"앗?!"

레이란은 익숙한 목소리에 반응하며 뒤를 돌아봤다. 그곳에는 언제 나타났는지 대륙십강의 3명이 가까이 다가오고 있었다.

"니쿠룸, 쿠라이… 스라웬?"

"와! 혹한의 마녀! 스틸에 PK? 더군다나 상대가 바하무트? 할 말이 없다, 할 말이 없어."

쿠라이는 연신 떠들어댔다. 아무리 생각해도 이건 아니었다. 아이템에 눈이 멀어서 대륙십강의 협약을 깨고 질서를 개판으로 만들려 하다니.

"레이란 님, 그만두세요. 무슨 짓인가요?"

스라웬마저 레이란의 편을 들어주지 않았다. 어떤 방향에서 봐도 명백하게 레이란이 잘못했다.

"제 일이에요. 신경 쓰지 마세요."

"싫은데? 난 이런 게 정말 싫어!"

"너, 신전 내부로 들어왔던… 그 드워프로군……."

쿠라이와 레이란의 말다툼 사이로 이질적인 목소리가 끼어들었다. 바닥에 넘어져 사람의 몸통보다도 작게 타오르는 이그니스였다.

드워프라면 이곳에서 한 명뿐이었다.

"헉!"

니쿠룸은 죽은 줄 알았던 이그니스가 자신을 지목하자 헛숨을 들이켰다.

먼 거리에서 봤을 때는 얼음 창의 공격으로 죽은 줄 알았다. 그런데 죽지 않고 살아 있었다니.

"저건 또 무슨 소리래?"

쿠라이가 이그니스의 앞에 쭈그려 앉았다. 330레벨의 몬스터라도 상태가 이래서야 위협거리도 안 된다.

"니쿠룸, 너 여기까지 처음이라지 않았냐?"

쿠라이의 말에는 이그니스가 답해줬다.

"얼마 전 불의 신전이 외부에 노출됐다. 저기 저놈이 큰 골렘을 타고 성소를 침범했다. 그 당시에는 내가 건재해서 모조리 몰살시켰지만, 이제는 틀렸다……."

쿠라이가 단순하긴 해도 말을 못 알아먹지는 않았다. 그보다 똑똑한 스라웬은 대번에 상황을 파악했다.

"설명 좀 해줘야겠는데?"

쿠라이가 삐딱한 자세로 니쿠룸을 노려봤다. 이그니스는 몬스터다. 거짓말을 하지 않는다. 그렇다면 니쿠룸이 자신들을 속였다는 뜻이 성립된다.

"너, 이 괴물이 여기 있는 거 알았지? 알면서 나랑 스라웬 데려온 이유가 뭐야?"

으르르릉!

쿠라이의 눈이 샛노래졌다. 야수화하기 바로 전 단계였다.

"말 안 하냐?"

콰지지직!

드드드드!

살이 찢어지는 소리와 광폭한 야수의 살기가 뿜어지며 쿠라이의 모습이 라이칸 슬로프의 웨어 울프로 변했다.

"찔리는 게 없다면 말할 수 있을 거 아니야? 이 개자식아!"

"아이언 킹."

드르르릉

니쿠룸은 말하기를 거부하고 스톤 워리어에서 아이언 킹으로 갈아탔다. 쿠라이와 전투가 벌어지면 스톤 워리워 따위, 순식간에 박살 난다.

"하! 이 새끼 보게? 무슨 꿍꿍이였지?"

"잠깐, 쿠라이."

쿠라이의 어깨에 앉은 스라웬이 그를 진정시키고는 니쿠룸에게 재차 물어봤다.

"당신이 신전의 정확한 위치와 이그니스가 있다는 걸 알고서도 알려주지 않은 이유, 저와 쿠라이를 엿 먹이려 했다는 걸로밖에 안 보이네요."

니쿠룸은 이미 엎질러진 물이라고 생각했다. 변명해 봐야 말장난에 불과하다. 이그니스의 죽음을 확인하지 못한 대가를 고스란히 짊어져야 했다.

"그게 당신의 대답이군요."

스라웬이 결정을 내렸다. 니쿠룸은 자신들을 가지고 놀았다. 대륙십강의 자존심은 그걸 용납할 수 없었다.

"쿠라이, 혼자서 상대할 수 있지?"

"큭! 장난해? 저딴 강철 인형, 폐품으로 만들어주겠어!"

"부탁해."

아우우우!

하울링이 퍼지며 쿠라이의 눈이 시뻘게졌다. 극도로 팽창된 근육과 날카롭게 솟은 흉기들이 버서커 상태에 돌입했음을 알려졌다.

침을 질질 흘리는 모습이 흡사 미친개를 보는 듯했다. 그의 직업은 분노와 광기에 몸을 맡기고 오직 피와 살육만을 따라다니는 광전사였다.

"죽어!"

콰콰콰콰!

쿠라이와 니쿠룸이 맞붙었다. 아이언 킹의 덩치가 쿠라이의 3배 가까이 됐지만, 서로 한 치로 밀리지 않는 접전이 벌어졌다.

우우우웅!

스라웬은 쿠라이를 잠시 쳐다보고는 레이란에게로 날아갔다.

"그만두세요. 대체 무슨 짓을 벌이시려는 건가요?"

"스라웬 님과는 관계없어요. 욕을 먹어도 제가 먹고, 죽어도 제가 죽어요."

"그런 말이 아니잖아요. 레이란님은 대륙십강이 맺은 협약을 깨려 하고 계세요. 그것만으로도 저희가 끼어들 이유는 충분해요."

"각자의 사정이란 게 있는 법이에요. 돌아가세요. 스라웬 님과 싸우고 싶지 않아요."

스라웬이 잠시 눈을 감았다 떴다. 그 한 번의 깜빡임은 앞으로 해야 할 행동에 대한 다짐이었다.

파지지직!

푸른색의 뇌전이 스라웬의 전신을 뒤덮고도 모자라서 넓은 범위까지 퍼져 나갔다.

라이트닝 필드.

뇌전계열 마법을 자유자재로 다루는 스라웬이 자신만의 영역을 구축할 때 사용하는 장기였다.

"잘못된 길로 가려 한다면……제가 바로잡아 드릴게요."

쩌저저적!

라이트닝 필드가 다가오자 레이란이 빙하시대로 상쇄시켰다. 상극의 속성이라 볼 수 없는 뇌전과 얼음은 서로 중간지점에서 힘겨루기에 들어갔다.

드드드드!

"멈춰 버린 시간이 발목을 잡았네요."

레이란이 자신과 비슷한 스라웬의 마력 량에 쓴웃음을 지었다. 예전이라면 스라웬의 필패였다. 둘 사이의 레벨 차이는 20이 넘었었다.

그런데 3차 전직의 벽에 가로막혀 그 차이가 줄어들었다. 도착은 레이란이 먼저 했지만, 넘지 못했기에 따라잡혔다.

"갈게요."

"스라웬 님이 떨구시는 아이템은 우편으로 보내 드리죠."

띠딩!

"저 역시… 응?"

스라웬이 마법을 사용하려던 그 상태로 고개를 갸웃거렸다.

그녀는 자신이 잘못 듣지 않았나 하고 쿠라이를 불렀다.

"쿠라이?"

"어? 어라?"

쿠라이도 들었는지 전투를 멈추고는 스라웬과 눈을 맞췄다. 그리고는 둘이 동시에 바하무트를 쳐다봤다.

"후후! 하하하하!"

바하무트가 유일하게 움직이는 한 손으로 바닥을 탁탁 치며 크게 웃었다. 레이란과 니쿠룸은 몰랐지만 스라웬과 쿠라이는 알고 있었다.

"스라웬, 쿠라이. 어서 돌아가라. 휘말리고 싶지 않으면."

쿠라이가 바하무트의 말에 동의한다는 듯 야수화를 풀고서 뒤로 물러났다.

"스라웬, 바하무트의 말이 맞는 것 같아. 그냥 가는 게 좋겠어."

"웅, 그래. 바하무트, 나중에 봐요. 안부 전해주고요."

둘은 전투대기 시간이 풀리기를 기다리다가 풀리는 대로 텔레포트 스크롤을 찢어서 불의 신전을 벗어났다. 짧은 시간 만에 일어났기에 레이란과 니쿠룸은 어안이 벙벙했다.

"니쿠룸 당신은 어쩔 거죠? 당신도 절 방해할 건가요?"

"아니, 바하무트를 어떻게 하든 그건 너희 둘의 일이다. 내 관심은……."

니쿠룸의 관심은 이그니스였다. 아직도 황금망치단과 타 죽었을 때의 기억이 생생했다.

"그럼, 각자의 볼일을 보죠."

"좋다."

'아깝지만 하나만 있어도 충분해.'

냉혈의 아즈란과 만년설의 정수 모두 탐이 났다. 그러나 니쿠룸마저 적으로 돌린다면 감당하지 못한다.

이미 벌여놓은 일만으로도 한계치를 초과했다.

"기대해. 299에서 296이 되는 마법을 보여줄게."

시체처럼 누워 있던 바하무트가 레이란과 니쿠룸을 보며 말했다.

"죽을 때가 되니 헛소리를 하시네요."

지이이잉!

레이란이 다시 한 번 얼음 창을 생성시켜 바하무트에게 갖다 댔다. 왠지는 몰라도 스라웬과 쿠라이가 돌아갔다. 방해꾼이 사라졌기에 꺼릴 게 없었다.

"니들 지금 뭐하니?"

"하하하하! 왔구나!"

레이란과 니쿠룸의 행동이 멈췄다. 그들로서는 생각하기도 싫은 최악의 상황이 도래했다.

"뭐하냐고, 개 씨발 년하고 놈아!"

파아아앙!

소닉 붐(sonic boom) : 전반 이식.

분영(分影) : 그림자 나누기.

파파파팡!

수백, 수천 개의 창영이 쏟아졌다. 레이란은 얼음보석을, 니쿠룸은 방패를 소환해서 분영을 막아냈다.

둘은 분영을 막으면서 말끝을 흐렸다.

"황금의 학살자……."

"슈타이너로군……."

독사왕의 이빨을 든 슈타이너, 아마란스 영지에 있어야 할 그가 불의 신전을 찾아왔다.

＊   ＊   ＊

바하무트를 불의 신전으로 보낸 슈타이너는 본인 영지의 연무장에서 소닉 붐을 펼쳐 창술 숙련도 올리기에 주력했다. 사냥도 했고, 홀로 수련도 했다. 어쨌거나 벌써 이 짓만 몇 달째였다. 유저들이 기피하는 노가다 중 하나인 숙련도 올리기는 슈타이너의 정신을 지치게 만들었다.

슈앙!

퍼어어엉!

대기를 관통한 관천이 정면에 세워진 허수아비에 맞고 폭발했다. 허수아비는 내구도가 무한이라서 부서지지 않는다.

천살창혼파를 맞는다 해도.

"지겨워! 못 해먹겠네!"

땡그랑!

슈타이너가 불평을 터뜨리며 독사왕의 이빨을 집어 던졌다. 이러다가 화병으로 죽을 판이었다. 숙련도가 많이 남았을 때는 그러려니 하고 넘어갔다.

그런데 가까워질수록 왠지 더디게 오르는 느낌이 들었다. 심리적 압박감의 영향이란 걸 알고 있었지만 알고도 초조하고 답답했다.

"형은 잘하고 있을까나?"

슈타이너가 무의식적으로 파티창을 켰다. 수천, 수만 번도 더 같은 행동을 반복해 왔다.

[파티 명 : 최고의 파트너]

"어후! 그때는 무슨 생각으로 파티 이름을 이렇게 했지?"

이제는 3년에 가까워지는 과거의 일이었다. 둘은 최악의 직업을 멋모르고 얻어 고생하던 차에 만났다.

동병상련이라 했던가?

버려진 자들끼리 뭉치자며 아무렇게나 파티를 결성했다. 생각보다 죽이 잘 맞았기에 며칠 같이 사냥하고부터 파티 명을 최고의 파트너로 바꿨고, 오늘날까지 붙어 다녔다. 바하무트는 슈타이너가 포가튼 사가를 플레이하며 얻은 최고의 인연이었다.

"던전이라 형 정보를 볼 수가 없네."

포가튼 사가는 어디서든 유저들 간에 음성 대화가 가능했다. 그러나 던전 등의 차단된 지역으로 들어가면 같은 내부에 있지 않고서야 대화가 단절된다.

슈타이너가 불의 신전에 있었다면 바하무트의 정보가 공개됐겠지만, 이곳에서는 접속 표시만 뜰 뿐 그 외에는 전부 비공개였다.

"가면 되잖아? 포탈 타면 금방인데?"

스릉.

슈타이너는 집어 던졌던 독사왕의 이빨을 집어 등에 멨다. 포탈을 타면 불의 신전까지는 금방이었다. 이곳은 현실이 아니라 가상의 세계였다.

모름지기 머리가 결정하면 몸은 따라 움직여 준다. 슈타이너는 아마란스 영지에 설치된 워프 포탈을 타고 끊임없이 이동했다. 타고 내리고, 타고 내리고의 무한 반복이 시작됐다.

돈은 많이 들었지만, 그도 몇 만 골드 정도는 돈 취급도 안 하는 유저 중의 한명이었다. 슈타이너는 바하무트가 했던 대로 똑같이 행동해서 칼튼 자작령에 도착했다.

웅성웅성.

"더럽게 많네. 허상을 쫓을 시간에 레벨업을 더하겠다."

능력도 안 되면서 절망 등급의 던전이란 말에 현혹돼서 몰려드는 꼴하고는. 죄다 시간낭비였다. 레벨다운이나 당해서 울고불고 남 탓이나 할 게 뻔했다.

슈타이너는 플레이포럼에 접속해서 불의 신전에 관한 기초적인 정보를 습득했다. 환경, 몬스터, 주의 사항 등을 말이다.

"화속성 저항 300이상? 내가… 광속성 755로군."

슈타이너는 용족의 골든 나가였다.

빛 계열의 광속성은 화속성과 비슷하게 분류된다. 그렇기에 455라면 충분했다. 인벤토리에 광속성 아이템 몇 개 들고 다니는 게 있으니, 저항력이 모자라면 대충 껴입으면 될 것이다.

"줄이… 너무 길어."

불의 신전의 유동 인구는 바하무트가 오기 전부터 가파르게 상승했고, 슈타이너가 온 시점에는 최고치를 찍고 있었다.

그는 기다리기 싫었기에 황금망치 길드원을 불러 앞으로 갈 수 있냐고 물어봤고, 일정한 돈을 지불하고 몇 만 단위를 건너뛰었다. 본래대로라면 슈타이너의 행적이 니쿠룸에게 들어갔어야 했다.

행운이었을까?

마침 불의 신전을 책임지는 간부가 자리를 비운 참이었다. 일반 길드원들은 그 틈을 이용해 슈타이너의 돈을 먹고 입을 닦았다. 덕분에 슈타이너는 정체를 들키지 않고 불의 신전에 무혈입성했다.

*　　　*　　　*

띠딩!

슈타이너는 불의 신전에 들어오자마자 들리는 알림음에 냉큼 파티창을 켜서 바하무트의 상태를 확인했다.

"으헉!"

바하무트의 생명력과 용투력이 급격하게 줄어들었다. 상태에는 용투기 30% 제한이라고까지 표시되어 있었다. 용족이 용투기 제한에 걸리는 이유는 과부하에 걸려 무기력에 들기 직전, 스스로 풀어버릴 때뿐이었다. 쉽게 말해 바하무트는 지금 고전 중이었다.

파앙!

안전지역에 있던 슈타이너가 전력으로 뛰쳐나갔다. 바하무트의 위치를 지속적으로 살피기 위해 월드 맵을 작게 축소시켰다.

거리가 상당히 멀었지만, 달려드는 몬스터들을 무시하고 간다면 한두 시간 내로 도착할 듯싶었다.

펄럭!

은신의 망토가 벗겨지며 황금색 날개가 펼쳐졌다. 그는 높이 떠오르지 않고 낮은 위치에서 유저들이 사냥하는 지역만을 골라 지나쳤다.

다른 곳으로 가면 몬스터가 떼거리로 달라붙는다. 몇몇은 죽이면서 가도 사방에서 몰려들면 포위된다. 그리되면 뚫는

데 시간이 지체된다.

슈아아앙!

유저들이 최소 포스에서 레이드 단위로 사냥하다 보니 사냥 범위가 상당히 넓었다. 그렇기에 슈타이너의 이동에 적잖은 도움을 줬다.

파티장 바하무트 님의 용투기 전개가 30% →5%로 제한됩니다. 상태 이상 전신 마비와 출혈 과다에 걸리셨습니다.

"꺄아아악!"

슈타이너가 비명을 내지르며 어쩔 줄을 몰라 했다. 저 정도면 거의 죽기 일보 직전이란 소리였다.

시간이 지날수록 초조해졌다. 무슨 놈의 던전이 이따위로 거대한지 화가 났다.

300미터 반경에 친구가 들어왔습니다.

"어디? 어디지?"

드디어 바하무트와 가까워지면서 300미터 반경에 들어왔다는 알림음이 들려왔다. 슈타이너가 한쪽에 켜놨던 월드 맵을 확인하고는 방향을 잡으려고 두리번거렸다. 이 시점에 친구 추가가 돼 있던 바하무트, 스라웬, 쿠라이가 그의 존재를 눈치챘다.

"저기다!"

방향을 잡은 슈타이너가 날아가던 그대로 떨어져 내렸고, 불쾌한 장면을 목격했다.

아주, 아주 불쾌한 장면을.

＊　　　＊　　　＊

"너희 내 말 안 들려? 뭐하냐니까?"

슈타이너는 다시 한 번 공격할 자세를 취했다. 그에 니쿠룸이 아이언 킹을 조종해서 멈추라는 표시를 보냈다.

"난 이 일과 관계가 없다."

"뭐?"

"레이란이 바하무트를 PK하려고 했다. 나는 제삼자로서 방관을 한 거다. 귀찮은 일에 휘말리고 싶지 않다. 설마 도와주지 않았다고 공범 취급할 생각은 아니겠지?"

"그래?"

쾌씸하긴 해도 도와주고 말고는 니쿠룸 본인의 마음이었다. 그걸 핑계 삼아 꼬투리 잡을 수는 없음이다.

"라고 할 줄 알았니? 이 씨발 새끼야!"

"말이 심하군. 슈타이너, 미쳤나?"

"미쳐? 미친 건 네놈이고! 그 이그니스라는 몬스터, 형이 잡았겠지? 근데 너 지금 뭔 짓거리 처 하려 하냐? 스틸도 죽을죄야!"

니쿠룸 따위가 330레벨의 절망 등급 몬스터를 잡을 수 있을 리가 없었다. 그러면서 깨끗한 척 상황을 도피하려 하다니, 더러운 놈이었다.

"큭!"

슈타이너는 니쿠룸의 반응이 우습다는 투로 쳐다보다가 표적을 레이란으로 돌렸다.

"레이란, 이 미친년, 처 돌았구나."

레이란은 자신을 욕하는 슈타이너를 보면서도 침착하게 대응했다.

"쿠라이와 스라웬이 돌아간 이유가 당신 때문이었군요."

"걔네들도 있었다고?"

"아니다. 쿠라이와 스라웬은 이 일과는 관련이 없어."

바하무트가 둘을 비호했다. 슈타이너도 그리 생각했다. 쿠라이가 좀 모자라도 나쁜 놈은 아니었다. 스라웬도 마찬가지였다.

"형, 상황이 어떻게 된 거예요?"

"설명하기 길다. 결론만 말해줄게."

바하무트가 레이란과 니쿠룸을 번갈아 보며 죄목을 말해줬다.

"레이란은 PK와 스틸, 니쿠룸은 스틸."

"둘 다 사형."

말을 들은 슈타이너가 죄목에 대한 판결을 내렸다.

"슈타이너, 지금 나와 레이란을 동시에 상대하겠다는 말인가?"

니쿠룸이 어처구니없다는 듯 말했다. 레벨 차이가 있을 때라면 몰라도 현재는 3차 전직에 가로막혀 모두 299레벨이었다.

"왜, 못할 것 같아?"

"자신감이 지나치면 만용이다."

"너희는 스스로 강하다고 생각해?

레이란과 니쿠룸은 슈타이너의 다음 말을 기다렸다. 생각? 생각이 아니라 실제로 강했다. 바하무트와 동 레벨이라면 지지 않을 자신이 있었다.

"그런가 보네?"

"하고 싶은 말이 뭐죠?"

"오늘 내가, 네년, 네놈에게 대륙십강이 동급이 아니란 사실을 알려줄게. 더불어 자존심도 좀 뭉개주고."

쿠르르릉!

쾅!

니쿠룸이 대검을 땅바닥에 찍어 넣었다. 어림도 없다는 무력시위였다. 레이란의 얼굴에도 비웃음이 가득했다.

"합공은 내키지 않지만, 빨리 끝내려면 어쩔 수 없지."

"동감이에요."

바하무트는 무기력에 걸려 전력에서 논외로 쳐도 이그니스는 몬스터였다. 시간을 끈다면 자체 회복 능력이 걸림돌이 될 것이다.

"현신."

화아아악!

빛이 번쩍이며 슈타이너의 본체 골든 나가가 모습을 드러냈다. 그는 자신에게 주술을 걸었다.

"용제의 축복, 용의 광기, 용의 투지."

용제의 축복 효과로 본신 능력이 10%, 저항력이 20% 증가합니다.

용의 광기 효과로 물리, 마법 공격력, 방어력이 20% 증가합니다.

용의 투지 효과로 모든 능력치 포인트가 50씩 증가합니다.

우우우웅!

황금빛 용투기가 슈타이너의 전신을 감쌌다. 능력치가 변동되다거나 하지는 않지만, 공격력과 방어력은 올라갔다.

"용족은 말이지, 밸런스 파괴라 불릴 정도로 다른 특수 종족과는 능력치 차이가 극심해. 용족을 상대로 일대일로 이길 수 있는 종족은 용족밖에 없어. 종족 빨이라고 해도 할 말은 없다만, 게임이잖아? 하나하나 다 따지면 아이템 빨, 뭐 빨, 뭐 빨, 그렇지? 대륙십강? 나와 형이 왜 네놈들을 짓밟고 정상을 차지했는지를 알려주마."

꽈드드득!

독사왕의 이빨을 들고 있던 슈타이너의 오른팔이 징그러운 핏줄을 내보이며 크게 부풀었다. 쥐어트는 악력에 무기 면이 마찰하며 뼈 갈리는 소리가 정적을 타고 흘러나왔다.

"긴장해라. 뒈지는 건 한순간이면 족하니까."

니쿠룸과 레이란이 곧 다가올 슈타이너의 공격을 대비했다. 그의 속도는 대륙십강 중에서 제일이었다.

소닉 붐(sonic boom) : 중반 5식
환영살(幻影殺) : 죽음의 환영

촤아아앙!

셀 수도 없는 창영 중에서 실체는 단 하나뿐인 환영살이 레이란의 퇴로를 가로막았다. 레이란은 얼음 보석을 씀과 동시에 냉기를 뿜어내어 환영살 전체를 얼려 버렸다.

콰앙!

슈타이너의 꼬리가 활처럼 휘더니 제자리에서 사라졌다. 눈으로 쫓기도 어려울 고속의 몸 늘림이었다.

소닉 붐(sonic boom) : 전반 3식.
뇌격(雷擊) : 번개 치기.

"큭! 당할 성싶더냐!"

쩌어어어어엉!

니쿠룸은 전방에서 느껴지는 강력한 기운에 대검을 양손으로 잡고 들어 올렸다. 충격파가 터지며 소닉 붐의 뇌격이 대검과 충돌했다.

쿵쿵!

아이언 킹의 거체가 뒤로 두 발이나 밀려났다. 근력에서는 우위일지 몰라도 전체 공격력에서는 독사왕의 이빨을 넘어설 수 없었다.

쩌저저적!

슈타이너는 꼬리부터 타고 오르는 냉기에 허공으로 떠오르며 아래를 내려다봤다. 레이란이 빙하시대를 써서 자신의 영역을 구축하고 있었다.

처억!

날개를 활짝 편 슈타이너가 투창 자세를 취했다. 용창기병의 전용 스킬 용투창이었다. 그를 보던 니쿠룸과 레이란도 전력을 다하기로 했다.

"죽여주마. 쓰레기들아!"

둘이 죽고 하나가 살든, 하나가 살고 둘이 죽든, 아니면 전부 죽든, 이 전투의 결과에 따라 대륙십강 간의 관계가 극명하게 갈릴 것이다.

바하무트와 슈타이너에 의해서.

*   *   *

스스스스.

황홀하게 빛나던 황금빛 용투기가 점차 사그라졌다. 용투기에 보호되던 슈타이너가 무기력 상태에 들어 인간으로 돌아왔다.

"씨발… 새끼들아… 이제 알겠니? 너희와… 나의 격차를?"

뚝뚝.

한쪽 팔이 잘린 슈타이너가 피를 철철 흘리면서 독사왕의 이빨에 몸을 기댔다. 휘청거리는 몸뚱이의 균형을 유지할 수가 없었다. 귓가로 온갖 알림음이 쉬지 않고 울려댔다. 좋은 의미가 아니었다.

출혈 과다, 근육 파열, 분쇄 골절, 사지 절단.

상태 이상 중에서도 수위를 다투는 녀석들이 한꺼번에 일어났다. 레이란과 니쿠룸의 합공을 막느라고 소닉 붐의 후반 삼초식을 연달아 사용한 결과였다.

"왜, 대답이 없냐? 응? 자신만만했잖아!"

철푸턱!

독사왕의 이빨을 놓친 슈타이너가 엉덩방아를 찧었다. 생각 없이 왔던지라 포션 등의 준비가 소홀했다. 지녔던 물품들은 바닥난 지 오래였다. 어찌 보면 지금 살아 있는 것도 기적이었다.

"끄으으윽! 있을 수 없어! 동 레벨이다! 동 레벨이라고!"

고철로 변해 버린 아이언 킹의 잔해 사이에서 두 다리가 짓뭉개진 니쿠룸이 벌레처럼 바닥을 허우적댔다.

그는 아이언 킹에 탑승한 상태로 소닉 붐의 뇌정만천에 직격 당했다. 뇌정만천의 뇌기는 니쿠룸의 방패를 부수고는 아이언 킹마저 잡아먹었다.

"크큭! 동 레벨? 그게 무슨 의미인데? 레벨만 같으면 누구든 동등할까? 다른 변수는 없어? 그딴 사고방식을 지녔기에 네놈이 패한 거야."

"개자식! 죽여 버리겠어!"

"내가 할 말이다. 네놈과 황금망치 길드, 나와 형을 적대시한 대가를 치르게 해주마. 그런 의미로 죽어, 벌레처럼 기지 말고. 징그러우니까."

슈웅!

푸우우욱!

슈타이너가 자리에 앉은 그대로 독사왕의 이빨을 던졌다. 창은 곡선으로 휘며 니쿠룸의 등에 정확히 꽂혔다.

"끄아아악!"

간당간당하던 생명력이 히어로 등급 무기의 공격력을 버틸 리가 없었다. 단말마의 비명을 남긴 니쿠룸이 강제 로그아웃 당했다.

그는 299를 찍고 이그니스에게 죽어서 296이 됐다. 다시 299를 찍었지만 슈타이너에게 또 죽어서 296이 또 됐다. 그야말로 헛짓거리를 한 것이다.

"이제 미친년 차례네. 끄응!"

슈타이너는 억지로 몸을 일으켰다. 몬스터 걱정은 없었다. 바하무트와 함께 불의 신전 내부로 도망치듯 들어간 이그니스가 조치를 취해줬다. 그렇기에 나타나도 슈타이너를 공격하지 않는다. 바하무트는 그를 남겨 두고 가는 게 못마땅한지 계속해서 가지 않으려고 했다.

그러나 무기력에 걸린 바하무트는 샌드백에 불과했다. 표적이 그로 집중되면 정신이 분산되어 패배했을지도 모른다.

터벅터벅.

슈타이너가 집채만 한 암석들이 박살 난 곳으로 걸어갔다. 휘청거리는 모습이 사뭇 아슬아슬했다.

"안녕? 타마라스의 뒤를 이을 희대의 쌍년아."

"슈타이너……."

"너는 대답 좀 해줘. 이대일로 패한 기분이 어때? 니쿠룸은 개 짖는 소리만 하다가 죽더라."

레이란은 양쪽 날개가 찢어지고 온몸의 뼈가 조각났다. 유성낙하에 휩쓸려 이리 치이고 저리 치였기에 성한 곳이 한 군데도 없었다.

오죽하면 팔을 못 움직여서 포션을 못 먹겠는가?

"그 창… 히어로 아이템인가?"

레이란은 화려한 외관을 지닌 독사왕의 이빨을 뚫어지게 쳐다봤다. 맞을 때마다 피가 죽죽 빠져나갔다. 녹색의 독기가 주변 일대를 뒤덮었을 때는 아찔하기까지 했었다.

결코 유니크 등급의 무기가 낼 공격력이 아니었다.

"제대로 봤네? 히어로 맞아. 너 따위는 잡지도 못할 몬스터가 줬어. 누가 잡았을지는 말 안 해도 알겠지?"

"히어로······."

레이란은 눈앞에 아른거리는 히어로 아이템을 잡으려고 손을 내뻗었다. 그에 슈타이너의 장난기가 발동했다.

"나 히어로 아이템 2개인데? 보여줄까?"

슈타이너가 레이란의 눈앞에 독사왕의 이빨과 타이탄의 권능의 옵션을 공유했다.

"맙소사······."

"죽이지? 내가 아는 히어로 아이템만 4개야. 이쯤 되면 수준 차이를 알겠지? 너희와 우리는 동등하지 않아."

1등만 하는 학생 수백 명을 한곳에 모은다고 해서 전부 1등일까? 천만의 말씀이었다. 그중에서도 1등과 꼴등은 나눠진다.

"마, 만년설의 정수가 있었다면!"

"이제는 하다하다 아이템 타령이냐? 변명만 해대는 건 너나 황금충이나 오십보백보구나."

스르르릉!

슈타이너가 독사왕의 이빨을 레이란의 가슴 부위에 갖다 댔다.

중상을 입었기에 어디를 찌르든 죽겠지만, 이왕이면 폼 나게 심장을 관통시켜 죽이려고 했다.

"혹한의 마녀, 타마라스한테 물들었나 봐? 아니다. 둘 다 똑같은 놈이구나. 큭큭!"

"날! 타마라스 따위와 비교하지 마! 난 달라!"

레이란은 슈타이너가 자신을 타마라스와 비교하자 분개하며 외쳤다. 누구를 누구와 비교한단 말인가?

"얼씨구? 지랄 옆차기하고 있네. 타마라스 새끼는 미친 짓을 해도 떳떳하게 해. 눈치? 그딴 건 신경도 안 써, 그런데 넌 뭐니? 이것도 저것도 아니잖아? 어쨌거나 레벨다운 축하한다. 더 축하해 줄 게 없어서 아쉽네. 잘 가라."

푸욱!

"꺄아아악! 안 돼! 3차 전직이 코앞이란 말이야!"

"하지도 못하면서 아쉬운 척은."

레이란마저 죽어 사라졌다. 슈타이너는 레이란과 니쿠룸이 떨군 유니크 아이템을 줍고서는 바하무트가 들어간 불의 신전을 바라봤다.

"더럽게 힘드네. 형은 안전할 테니, 좀 쉬어야지."

저곳을 뚫고 들어갈 존재는 없을 것이다. 걱정은 그만하고 지친 정신에 휴식을 줘야겠다.

*   *   *

차차차창!

이사벨라의 검이 화려하게 흔들리며 정면에서 다가오는 엘프 대검객의 검과 어울렸다. 검술의 극치를 보여주는 듯 다양한 변화가 내포되어 있었다.

'마지막, 마지막 검객이야.'

1레벨일 때부터 시작했던 퀘스트였다. 처음에는 잡일이나 해대는 잡부에 불과했지만, 단계가 오를수록 질이 달라졌다.

종족 고유의 연계 퀘스트.

유저들이 기피하는 최악의 퀘스트에 속한다. 보상은 쥐꼬리만큼 주면서 난이도는 동급의 몇 배를 넘어섰다.

차분한 성격의 이사벨라도 몇 번이나 포기할까 망설였었다. 그럼에도 꿋꿋이 버텼다. 남들과 똑같은 길을 가봐야 똑같아질 뿐이었다.

앞서려면 제 자신을 희생해야 한다. 그 일념 하나로 이 퀘스트 하나에만 1년을 투자했다. 미쳤다고 말해도 할 말이 없다. 스스로 봐도 그러했으니까.

파아아앙!

검과 검이 부딪히는 충격에 이사벨라와 엘프 대검객이 서로 밀려났다. 더 싸워야 하나 생각했을 때, 엘프 대검객이 납검했다.

"대단합니다. 당신은 힘들었을 모진 세월을 버텨냈습니다. 모든 엘프가 본받았으면 해도 쉽지 않겠지요. 제 인정이 필요하다고 하셨습니까? 엘프 대검객의 한 명으로서 당신을 인정합니다."

띠딩!

엘프 장로, 대검객 헤르실의 인정을 받으셨습니다. 종족 퀘스트 대검객의 인정을 완료하셨습니다.

"드디어……."

이사벨라가 감격에 차올랐다. 3차 전직 퀘스트에 몇 번을 떨어졌었는지 모르겠다.

이건 깨라고 만든 게 아니었다. 바하무트에게 도와달라고 할까도 생각했었다. 그러나 그건 최후의 방법이었다. 할 수 있는 데까지는 해보기로 했고, 늦더라도 돌아가는 쪽을 선택했다.

"이 검을 받으시지요. 본래는 대검객에게만 지급되지만, 당신은 받으실 자격이 충분합니다."

"감사합니다."

이사벨라는 떨리는 손으로 헤르신이 건네주는 목검을 받아들였다. 이걸 얻으려고 그 고생을 마다 않고 버텨냈다.

띠딩!

엘프 장로, 대검객 헤르실로부터 히어로 아이템 이그드라실의 신목검을 건네받으셨습니다.

"신목 이그드라실의 나뭇가지를 가공해서 만든 신령한 목검입니다. 재질이 나무라고 우습게 보시면 안 됩니다. 지닌 바 강도와 절삭력은 신의 금속이라 불리는 오리하르콘에 버금가니까요."

[이그드라실의 신목검 : 히어로]

설명 : 모든 엘프가 모시는 나무의 신 이그드라실의 나뭇가지를 가공해서 만든 목검이다. 신령한 힘을 지녔으며, 절삭력과 강도는 신의 금속이라 불리는 오리하르콘에 뒤지지 않는다.

제한 : 2차 전직 이상, **종류** : 검, **내구도** : 850/850.

공격력 4,200~5,000, 근력 +100 체력 +200, 민첩 +250 지능 +100, 자체 회복 능력 +100%.

성, 목속성 강화 +100, 성, 목속성 저항 +100.

일반 옵션 : 사악한 존재들에 대한 공격력, 내성 20%증가.

특수 옵션

1. 이그드라실의 축복 : 타격 시 1% 확률로 10분 동안 이그드라실의 축복 발현, 모든 능력치 10% 증가. 최대 2회 중첩 가능.

2. 이그드라실의 가호 : 하루에 한 번, 신의 반열에 오른 존재의 공격을 제외하면 어떤 공격이든 막아낼 수 있는 방어 결계, 이그드라실의 가호 사용 가능.

"부디 앞으로도 엘프족을 위해 힘써주시길······."

헤르실은 그 말을 남기고는 자신의 거처로 돌아갔다. 그가 가든 말든 이사벨라는 이그드라실의 신목검의 옵션에서 눈을 떼지 못했다.

"가능해. 할 수 있어."

이것만 있다면 하나 남은 3차 전직 시험을 합격할 수 있었
다.

* * *

콰콰콰쾅!

이그드라실의 신목검을 든 이사벨라가 자신을 몇 번이나 도
망치게 만들었던 다크엘프 저주술사 칼리드로를 압박했다. 다
크엘프는 어둠에 물들어 동족을 해친 엘프족의 적대 종족이었
다.

"징그러운 하이엘프년! 그렇게 당하고도 또 찾아왔단 말이
냐! 이번에야말로 죽여 버리겠다!"

'시작이다.'

이사벨라가 곧 다가올 공격에 대비했다. 칼리드로는 자체로
만 따진다면 강한 편은 아니었다. 그런데 그의 장기가 너무나
도 성가셨다.

저주술사 칼리드로.

저주술사라는 별명에서 알 수 있듯이 그는 상대를 쇠약하게
만드는 저주마법에 능통했다. 이사벨라의 속성 저항을 가볍게
뚫고 들어올 만큼 말이다.

저주마법에 당하면 암흑, 기절, 혼란, 환각 등의 정신 계열
상태 이상에 괴롭힘을 당한다. 우습게 보다간 틈을 파고드는

공격에 아무것도 못하고 죽어버린다.

"흐흐! 죽어라! 죽음의 환영곡!"

끼아아아!

귀곡성이 울리며 이사벨라에게로 상태 이상이 쏟아져 들어왔다. 여기였다. 항상 여기에서 막혀 도망쳤다. 무슨 짓을 해도 버텨낼 수가 없었다.

"이그드라실의 가호!"

푸른빛이 이사벨라를 감싸며 내부로 침투하는 사악한 기운을 한꺼번에 정화했다. 칼리드로는 죽음의 환영곡을 연달아 사용하지 못한다. 유저나 NPC나 스킬에는 딜레이가 있게 마련이었다.

"헉! 이, 이그드라실의?!"

파파파팟!

이사벨라가 칼리드로에게 접근했다. 대륙십강 중에서 속도로는 슈타이너 다음이 그녀였다.

스거거걱!

"끄아아악!"

칼리드로의 로브가 갈라지며 피가 솟구쳤다.

이그드라실의 신목검에는 사악한 존재들에 대한 공격력과 내성을 20% 증가시켜 주는 옵션이 존재한다. 이사벨라의 유니크 아이템들과 그 공격력이 더해지며 엄청난 데미지를 뽑아냈다.

"이년! 혼자 죽지는 않겠다. 크아아아!"

퍼퍼퍼펑!

확실히 칼리드로는 3차 전직을 가로막던 벽답게 끈질겼다. 그러나 승기는 이미 이사벨라 쪽으로 기울었다.

푸우우욱!

"커헉!"

결국 이사벨라의 검이 칼리드로의 심장을 꿰뚫었고, 그것은 새로운 세계에 발을 들이는 시작점이 돼줬다.

> 3차 전직 퀘스트에 최종 합격하셨습니다.

> 새로운 힘이 용솟음칩니다. 걸려 있던 모든 페널티가 사라집니다.

> 모든 능력치가 2배로 증가합니다. +100의 능력치 포인트를 획득합니다.

> 큰 깨달음을 얻으셨습니다. 하이엘프 검객에서 대검객의 반열에 오르셨습니다.

"힘이 느껴져……."

2차 전직과는 차원이 달랐다. 바하무트의 설명을 들었을 때는 어떤 느낌인지 몰랐었다. 몸소 체험해 보고서야 그 느낌이 이해됐다.

"이제 동등할까? 아니야, 동등하지 않아."

이사벨라가 고개를 저었다. 3차 전직을 하는 데 생각보다 오랜 시간이 걸렸다. 그 시간 동안 바하무트는 더더욱 멀리 도망쳤다. 그렇지만 한시름 놓았다. 벽을 넘었으니, 곧 따라잡을 것이다.

"안녕."

원하는 목표를 이룩한 이사벨라가 짧은 인사말을 남기고는 엘프 왕국 엘븐리움에서 벗어났다.

바하무트에 이어 새로운 3차 전직 유저의 탄생이었다.

『폭룡왕 바하무트』 4권에 계속…

FANATICISM HUNTER

광신사냥꾼

류승현 판타지 장편 소설

FANTASY FRONTIER SPIRIT

「블레이드 마스터」의 류승현 작가가 펼쳐내는
판타지의 새로운 신화!

마도대전을 승리로 이끈 유리언 대륙의 영웅,
최강의 아크 메이지 제온!

그러나 '세상의 섭리'에 아내와 아이를 빼앗기는데……

『광신사냥꾼』

만약 그것이 정말로 세상의 섭리라면,
그마저도 무너뜨리고 말리라!

복수를 위한 제온의 위대한 여정이 시작된다!

Book Publishing CHUNGEORAM

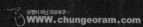
유행이 아닌 자유추구 -
WWW.chungeoram.com

말년병장 이등병되다!

에바트리체 장편 소설

FUSION FANTASTIC STORY

대한민국 남자라면 알고 있을 바로 그 이야기!

『말년병장, 이등병 되다!』

전역을 코앞에 둔 말년병장, 이도훈.
꼬장의 신이라 불리던 그가 갑자기 훈련병이 되었다?!

"…이런 X같은 곳이 다 있나!"

전우애 넘치는 군인들의
좌충우돌 리얼 군대 이야기!

Book Publishing CHUNGEORAM

유행이 아닌 자유추구 -
WWW.chungeoram.com